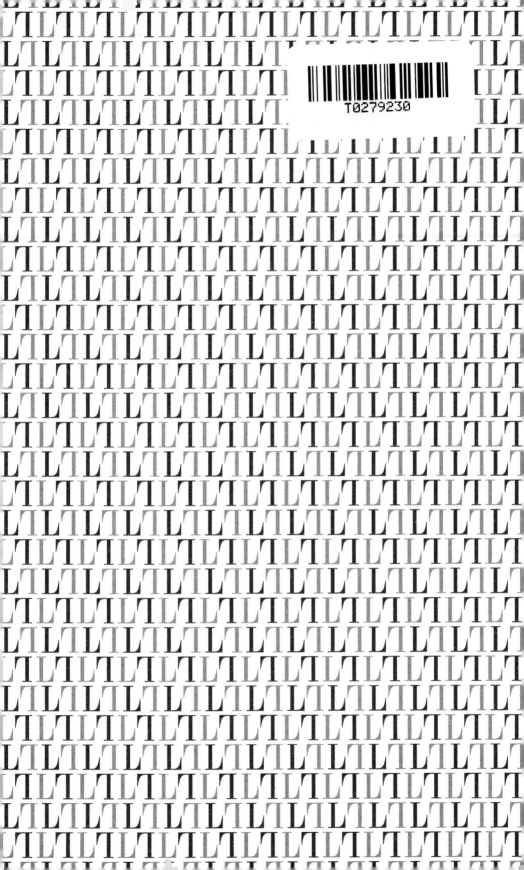

T0279230

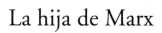

La hija de Marx

# La hija de Marx

## Clara Obligado

Lumen

*narrativa*

Papel certificado por el Forest Stewardship Council®

Penguin
Random House
Grupo Editorial

Primera edición en este formato: enero de 2023

*Printed in Spain* – Impreso en España

ISBN: 978-84-264-2425-9
Depósito legal: B-20.356-2022

Compuesto en M. I. Maquetación, S. L.
Impreso en Liberdúplex,
Sant Llorenç d'Hortons (Barcelona)

H 4 2 4 2 5 9

Si no puedo bailar, esta no es mi revolución.

Atribuido a EMMA GOLDMAN


Habían nacido demasiado pronto, o demasiado tarde.

E. H. CARR,
*Los exiliados románticos*

# Nota de la autora

Una mañana de febrero de hace ya muchos años yo esperaba una llamada telefónica. Se fallaba el Premio Femenino Lumen de Novela y, con una presunción de novata, estaba segura de que sería para mí. Sonó el teléfono y escuché al otro lado del auricular (entonces no usábamos móviles) a Esther Tusquets, que me preguntaba si estaba dispuesta a corregir el texto. Le dije que, si veía sus objeciones, claro que sí, y, sin más comentarios, la voz de Esther desapareció en la nada. Una semana más tarde llamé a Lumen. ¿Qué pasó con el premio?, pregunté. Tu libro es el ganador, me respondió una voz algo asombrada, ya estamos editando el original. En Barcelona, después de un día agotador de prensa, me entregaron una medalla que Esther se había olvidado de grabar y comimos pizza. Así conocí a la que sería una editora de lujo, perfecta para mí.

Si viajo aún más lejos en el tiempo me veo criando a mis hijas y trabajando en mi primera novela, *La hija de Marx*. Me veo investigando sin tregua en mis pocos ratos libres, me veo impartiendo un curso de literatura erótica en el Círculo de Bellas Artes. Fue entonces que, como quien juega, me propuse escribir un texto en el que se cuestionaran los tópicos del género, donde la erótica superara sus límites para expresar, también, la historia de una época y una reflexión sobre el sexo y el amor.

Así, en un mundo que se apoltronaba en el olvido, me dispuse a rastrear la historia de las mujeres que habían sufrido los grandes cambios revolucionarios que sembraron las líneas de nuestro pensamiento. ¿Cómo era el mundo que nos precedió, si lo mirábamos desde ellas?

Siguiendo la idea de Virginia Woolf, quien imagina cómo hubiera sido la vida de Judith Shakespeare, soñé que el hijo que Karl Marx había tenido con su criada —y que abandonó en manos de Engels— no era varón, sino mujer. Imaginé que el gran teórico no era el eje de mi historia, sino un pasaje *sotto voce*. Imaginé que las mujeres vivían y amaban en primer plano. Imaginé que esta supuesta hija de Marx era hija de una exiliada rusa. Y revisitando esta historia de violencia, choqué con mi propio exilio, ese doloroso viaje que me había llevado desde Argentina hasta Madrid.

De este encuentro inesperado de la historia con mi vida brotó una estirpe femenina —madre, hija, nieta— y una novela con tres ramas. La primera resultó festiva y parodiaba una novelita libertina victoriana. La segunda asomó con su aire de novelón romántico y sus personajes anclados en una férrea investigación histórica. La tercera fue convirtiéndose en una historia de entreguerras, que daba cuenta de una época no tan diferente a la nuestra y que presagiaba el fin del amor romántico. Me veo viajando y visitando museos. Escribiendo mientras mis hijas dormían. Hablar del pasado, ya se sabe, es también interrogar al presente. ¿Qué llevaban por fuera y, sobre todo, por dentro, estas mujeres? ¿Cómo era la moda que las liberaba y encarcelaba a la vez? Cintas, encajes, miriñaques. La historia del corsé. Resultaba absurdo escribir «la desnudó y se tendió en la cama», desnudar a una mujer del siglo XIX, que llevaba hasta seis kilos de ropa interior, no era tan sencillo. ¿Y la comida? ¿Se bañaban? ¿Había consoladores? ¿Quién inventó el vibrador? ¿Cuánto se tardaba en viajar desde Moscú hasta París? ¿Cómo vivían las mujeres que amaban a otras mujeres? Miriñaques, polisones, ólisbos. Una relación erótica de la que casi no había pistas.

Han pasado años desde esa mañana en la que me llamó Esther Tusquets, pero los personajes de *La hija de Marx* no me han abandonado. Su humor, su alegría de vivir, la tragedia de esas vidas, la investigación en un género como el erótico y la relación entre cuerpo e historia me siguen apasionando. Recuerdo que, cuando mi hija menor, entonces adolescente, leyó esta novela, me miró escandalizada y me dijo: «Qué asco, mamá». Pienso que, por esta magia de perdurabilidad que los libros tienen, en esta nueva edición serán, quizá, mis nietos, quienes lean con cierto asombro las historias que escribía su abuela.

*Madrid, octubre de 2022*

# PRIMERA PARTE

## Las memorias
## de Annushka Ivanovna Dolgorukov

### Londres, 1870

Un día, cuando fumaba mi pipa de opio intentando relajarme entre las almohadas, Iván Dolgorukov, al que creía mi padre, dijo:

—Annushka, he de hacerte una confesión.

Me preparé a escuchar, mientras miraba cómo el humo flotaba por la estancia persiguiendo a la llama de la vela hasta escaparse luego, por la ventana abierta, hacia la niebla del jardín.

*Papasha* continuó:

—No debes preocuparte. Tú no te has acostado realmente con tu padre, yo te recogí en circunstancias muy especiales. Vamos, Annushka, deja esa maldita pipa y escúchame. Tu madre te dejó conmigo porque no te podía cuidar.

—¿Y mi padre? —pregunté, jugando con el humo.

*Papasha* se levantó de la cama y comenzó a caminar desnudo por la habitación.

—Ah, esa es otra historia. Tu madre te dejó, y yo le prometí que serías libre. Y mira, lo he logrado, aunque sospecho que por un camino bastante diferente al que ella sugería. ¡Qué le vamos a hacer! Así son las cosas.

Tendida ahora sola, entre un desorden brillante de encajes y muselinas, lo observé con deleite.

*Papasha* era un hombre singular, de sentimientos desmesurados como todos los rusos, proclive a las confesiones y a los exabruptos.

Lo veía evolucionar nervioso, desaparecer tras las cortinas del dosel gesticulando en silencio, como si lo que intentaba confesar emergiera chapoteando entre el barro. Aquello comenzaba a divertirme.

—¿Y mi padre? —insistí con ánimo de molestar, ya que siempre he detestado las confidencias, y más en las postrimerías del amor—. De mi madre ya he oído hablar.

—¿A quién?

—Pues a muchos de sus amigos. Y a John Thompson Jr.

John Thompson Jr. era un loro viejo, apolillado, antipático y tonto. Quién sabe por qué se llamaba así, y desde cuándo estaba en aquella habitación. Era una de las dos grandes manías de Iván Dolgorukov. La otra era casarse con cuanta inglesa desagradable se cruzara en su camino.

Era verdad. Yo había oído al loro hablar de mi madre: las dos únicas palabras que había logrado aprender el pajarraco eran: «¡Ah, Natalia!». Eso sí, en varios idiomas.

Fatigada por el amor, aburrida por el tono de tragedia, acalorada por el feraz ejercicio, abrí mi abanico. Era un abanico hermoso, más propio de un salón que de un lecho, enorme, de varillas de carey y plumas negras de avestruz. Soplé levemente y al golpe de mi aliento temblaron las plumas, alejando el aroma dulzón del opio. Luego permanecí en reposo, consciente de mi hermosura, cubierto el pecho por el semicírculo suave: negro sobre blanco enmarcada por el rojo del dosel.

Me detuve unos instantes y se detuvo admirado mi padre, y luego, con un golpe brusco de muñeca, cerré el abanico, atrapando muellemente las plumas entre las varillas de carey.

Y así sonreí a *papasha*: desnuda. Pero él no tenía ganas de jugar.

—Annushka, parece mentira que te importe tan poco lo que te estoy contando. A veces resultas de una frivolidad alarmante. Permíteme que prosiga y presta atención.

Cesó de pasearse y se puso el camisón, como si súbitamente le hubiese sobrevenido la conciencia de su desnudez, de su densidad masculina frente a la liviandad de mi juventud. Acercó un taburete a la cama y, tomándome la mano, suspiró Iván Dolgorukov, el hombre que hasta entonces había considerado mi padre.

—Hija mía —dijo—, porque permitirás que siga llamándote así. Tu madre era una mujer bellísima, pero no soy tu padre. No le gustaban los hombres. ¡Qué más hubiera querido yo, que la amé con desesperación durante años! Era apasionada y romántica, y solo una vez se entregó a un varón. Nunca he comprendido por qué lo hizo, pero aquí estás tú: eres la prueba. Fue el único hombre que la tuvo por su propia voluntad. Y ese hombre es tu padre. Annushka, pequeña, no eres mi hija, aunque bien me hubiera gustado que lo fueras: eres la hija de Karl Marx.

La confesión de *papasha* no me cambió la vida. Era verdad, me acostaba con él, no hacía otra cosa desde que en mí se despertara el deseo. Era entonces muy hermosa —dicen que aún lo soy— y me adaptaba sin conflictos a las sucesivas mujeres a las que Iván Dolgorukov se unía, y que no me importaban en absoluto.

—Annushka —solía repetirme—. No debes ser como mi primera esposa. Ella era tan casta que no se atrevió a decirme que tenía un amante. ¡Un amante, vaya tontería! Así la perdí. —Y añadía pensativo—: ¡Con lo felices que hubiéramos podido ser los tres! Su amante era una bellísima persona.

Hasta aquella noche yo había pasado mis vacaciones escolares en la casona de Hyde Park, sin asombrarme de las borracheras, los sobresaltos, las mujeres que día tras día acompañaban a Iván Dolgorukov dejando que las manos del hombre se perdieran en sus escotes, bajo sus enaguas; y, mientras tanteaba las carnes rubicundas, organizaba la liberación de la amada Rusia.

Era mi casa una isla caótica, morada e imprenta a la vez, lugar de reunión y cobijo de exiliados de pocos recursos que llegaban a Londres expulsados por el zar. Apenas notaban la transmutación geográfica antes de lanzarse a la carga sobre los tipos de la imprenta para mandar mensajes a su patria incitando a la revuelta.

A pesar del clima en el que crecí, en el internado me rodeaba —como a la mayoría de las niñas inglesas de aquel entonces— la rígida moral victoriana, de modo que no conocí los problemas del exilio durante la primera etapa de mi educación.

Durante todo aquel periodo me ocupé de importantes trivialidades, aprendí a hacer con dificultad las cosas más simples. Sabía caminar como quien patina, colocando las manos sobre el regazo de forma que los codos, rígidos a mis espaldas, pareciesen alas, sabía bailar a la perfección, sabía montar a caballo. Y cosas como entrar o salir de una habitación, servir una taza de té, dar un sorbo y dejar la taza en el platillo, abrir o cerrar un abanico, calzarme los guantes o levantarme el velo del sombrero fueron objeto de ensayos tales que poco tiempo me quedaba para otra cosa. Pero lo más difícil era la técnica de la conversación superficial.

Aunque parezca absurdo, todo aquello me ha servido, ahora que soy una mujer madura, para defenderme del mundo: pocas cosas hay más distantes que la cortesía.

—Una dama —machacaban mis maestras— es alguien que cuando pide un favor parece estar concediendo un privilegio. Unas enaguas demasiado visibles pueden resultar una catástrofe comparable solamente a no saber sentarse con elegancia, operación nada sencilla con un polisón. Pero lo peor del mundo, hija mía, es parecer inteligente: ese sería tu fin.

Cuando dejaba el colegio y regresaba a casa, todo era muy diferente. Solo Mimina, mi joven aya, escuchaba mis confidencias, bien es cierto que con desgana.

Mimina era mayor que yo. Mucho mayor, si se considera que dos años son un abismo que separa la infancia de la vida adulta, la nitidez del niño de la maravillosa ambigüedad de la primera juventud.

Dos años nos separaban, pero para mi soledad de niña eran a veces una barrera infranqueable. Me sentía honrada por la amistad de Mimina, una amistad que a ella parecía tenerla sin cuidado. Como la mayoría de las campesinas rusas, ya desde muy joven parecía una mujer. Una mujer deliciosa.

Un domingo mi padre miró con una mirada especial a mi joven aya, que jugaba conmigo a las muñecas. La llamó a su lado, y pretendiendo decirle un secreto, le besó la oreja, para luego recorrerle el cuello y terminar mordiéndole el hombro entre risas y negativas de la muchacha, que tanto alejaba como acercaba el señuelo, retirando apenas la muselina bajo la que relumbraba su piel. Cuando los labios cayeron sobre ella, yo, que hasta aquel momento había estado distraída con mis juegos, levanté los ojos y vi un brillo insólito en la mirada de mi padre adoptivo. Sin percibir la causa, me sonrojé. Mi padre se detuvo atónito, abandonó el hombro de Mimina, y me dijo:

—Hija mía, acabas de perder la inocencia.

Este fue el comienzo de mi segunda educación. Dejé el internado y *papasha* comenzó a tratarme como a una mujer. Me compró vestidos hechos con telas del mismísimo Oriente, guantes, sombreros, encajes. Arrasó mi vida de niña con un aire renovador.

Mientras tanto, yo paseaba por el jardín junto a los parterres, presintiendo los cambios de mi cuerpo entre las flores, la cópula de las palomas, la niebla dorada del polen preñada de azul. La primavera, aposentada en el jardín, penetraba los tupidos setos de boj, los capullos de las rosas, el aroma del romero. La primavera, que irisaba la noche, poco a poco devastaría mi cuerpo: tenía entonces doce años, y entraba en esa vida con ingenuidad, abandonándome a los placeres, sin adivinar que tendría en Mimina una rival.

Mimina era hija natural de una sierva, la única sierva que conocí. Su madre había nacido en la hacienda de *papasha*, luego había viajado con él a París, y finalmente a Londres. *Papasha* le regaló la libertad, una libertad que pronto se extendería a todos los de su clase.

Cuando era muy joven, antes de que Mimina naciera, una sierva le dijo a su madre en la cocina de la *isba*:

—Un día te venderán con la tierra.

Mimina, que había escuchado el relato, guardó dentro de su pecho la idea de que las mujeres eran una mercancía.

A veces yo pensaba que éramos hermanas, porque se parecía mucho a *papasha*. En cualquier caso, nunca lo supe con certeza.

Mi padre la quería. Pero, cuando le preguntaban por su origen, solía responder:

—Qué más da que sea o no mi hija. ¿Acaso eso la hace mejor? Es una mujer libre. Eso es lo que importa. Además, ¿quién puede decir con seguridad cuál es su padre? —Y sentaba a Mimina sobre sus rodillas—. Hija, tú no tienes la culpa de haber nacido de una mujer que fue esclava. Todo es culpa del zar. Malos tiempos para el zar —repetía mi padre—. Ya verás como terminamos con él.

Ningún hombre anterior a Iván Dolgorukov recordaba Mimina. Su madre había muerto cuando ella era una niña viendo cumplidas sus dos únicas ilusiones: ver libres a los de su clase y protegida a su hija.

Yo la quise desde pequeña, sin condiciones, como se quiere a una hermana mayor. Ella, en cambio, me despreciaba.

—Pequeña tonta —me decía—, préstame tu vestido nuevo. Bueno, no te preocupes, puedes permitirte ser tonta, eres rica.

Era tan bella como celosa. Yo, que ignoraba —y que aún ignoro— tal sentimiento, no acertaba a comprenderla. Ahora tenía celos de mi nueva madre, una inglesa beata y feísima. Y cuando la inglesa y mi padre se encerraban en su habitación, Mimina espiaba por el ojo de la cerradura, y permanecía allí durante largo rato, para luego alejarse sonrojada y protestando.

—¡Maldito Iván Dolgorukov! ¡Que mil rayos caigan sobre tu cabeza y sobre la de tu mujer! ¡Que te quedes impotente, que ella se quede calva! —Y se ponía a llorar.

Yo no podía comprender su rabia. Había tenido tantas madres que me era difícil encariñarme con alguna, de la misma forma en que era incapaz de odiarlas. Pero no deseaba que Mimina sufriera.

—Déjalo ya, Mimina. Déjalos en paz. ¿Qué daño te hacen?

—Calla, tonta. Tú no entiendes lo que pasa en esa alcoba. Eres demasiado pequeña.

—Mimina, no te enfades. Y no me llames pequeña. Mira, ya tengo tetas.

Abandonando su puesto de observación, Mimina se sonó la nariz con su pañuelito y sonrió.

—¿A ver?

—Desabróchame la camisa y verás —dije, y levanté los brazos, pero antes de que yo me desnudara, ya estaba ella tocándome con delicadeza.

—Qué bonita eres. Mira, mírame a mí. —Y, sin esperar respuesta, estaba desnuda sobre mi cama. Nunca la había visto así: era una mujer.

Hacía tiempo que no nos bañábamos juntas, y pude advertir cuánto había cambiado. Mi padre nos incitaba a una vida sana huyendo de la esclavitud de la moda.

—En mi casa no entra un corsé —gritaba—. Vais a morir asfixiadas solo por complacer a los hombres. Para qué tantas telas, crinolinas, alambres. Cuando os tengan que desnudar, hará falta un cerrajero. Mirad qué guapas van las chinas con sus pantalones. Por cierto, una vez tuve una amiga que vestía con ropas de hombre. Antes de que nacierais, claro. Y bien hermosa que era.

—Sería una putilla.

—Calla, Mimina. Me sentiría feliz si, de mayor, te parecieras a ella: era una mujer magnífica. Una intelectual, y por cierto, una real hembra. Se llamaba Lizaveta Zomorov, y era una revolucionaria. Si hubiera más mujeres como ella, ya habría caído el zar. ¡Ah, qué tiempos magníficos aquellos de París! También George Sand, la escritora... —Y siguió hablando solo, probablemente con sus recuerdos.

Ahora Mimina estaba ante mí, desnuda, y resultaba imposible dejar de admirarla.

—De mayor quiero ser como tú.

Cuando levantó la batista de las sábanas le propuse que nos acostásemos juntas. Lo hacíamos a menudo, pero nunca sin ropa. Me deslumbraba su cuerpo.

—Ahora nos vengaremos de ellos —dijo Mimina, con una expresión malévola—. Ven, tiéndete. —Y se colocó sobre mí.

Yo era capaz de hacer cualquier cosa por complacerla, y lo que me pedía no resultaba desagradable, así que obedecí.

—Vamos a jugar.

Se levantó de un salto y, saliendo de la estancia, regresó con el enorme frutero de plata que estaba en el aparador de la cocina.

—Tú eliges una fruta y yo digo a qué parte del cuerpo se parece. Pierde quien no encuentre una respuesta. Venga, comienza.

—Cerezas —dije, y ella tomó dos cerezas rojas y maduras, las posó sobre mis pezones. Acercando la boca las cogió con los labios.

—Uvas. —Yo aproximé los racimos a su cabeza rizada. Mimina llevaba el pelo muy corto, casi como un varón, como un Baco jovenzuelo, y las uvas negras, brillantes, la hicieron reír. Después las levanté un poco, y atrapó una, reventándola con sus dientes. Caía violácea la sangre de la fruta entre sus labios.

—Melocotón.

—Date la vuelta y mira. Son redondos como tu culo, la pelusilla se eriza a la luz del quinqué. Te toca, Annushka.

—Plátano.

Me había pillado. ¿A qué parte de su cuerpo se parecía un plátano?

—Anda, ponte de pie. Nada, no se me ocurre nada. Camina un poco.

Qué bonita estaba Mimina. Era alta y gordezuela, con un aire salvaje en su piel oscura. Las aréolas de sus pechos eran más oscuras aún, y tan evidentes que resultaba difícil sustraerse al impulso de mirarlas.

Caminaba desnuda por la habitación, como si nunca hubiera llevado ropa, admirada por su propio cuerpo en la noche, mientras la luz la dibujaba sobre la pared, en la penumbra. ¡Cómo reía, incendiándome la sangre, ofreciendo su cuerpo al embate del claror!

Aunque pasen los años siempre recordaré a Mimina esa noche, su carcajada fresca que se perdería pronto. Nunca más volví a ver una mujer tan hermosa. ¿O es que los recuerdos retienen solamente lo mejor? Pero entonces era así: un cuerpo ofrecido a sí mismo.

Por las ventanas, transgrediendo las cortinas, el viento de la noche erizaba su piel. Golpeaba la cabellera verde del romero la pared de piedra, sacudiendo en el aire su aroma agreste, explotado de azul. Entre las piedras, un grillo.

Pero nada, ni el vientre, ni la espalda, ni los brazos, ni las cejas, ni el salvaje vellón del pubis, nada en ella se parecía a un plátano.

—Acuéstate.

Mimina cesó su danza y obedeció. Fui palpándola, tocándole las costillas, los huesos de los brazos, las orejas enrojecidas, los muslos, los párpados, la boca que soportaba cerrada mi tacto. Hurgué en el bosquecillo del pubis y vi la abertura y pensé por qué no habría dicho higo, pero no, era plátano y si no se me ocurría pronto algo debería soportar sus burlas.

—Quédate quieta.

Ella suspiraba, me dejaba hacer, y abría los brazos apoyándolos sobre los cojines para que yo rebuscara en sus axilas, en el nacimiento del seno, entre los dedos de los pies. Nada.

Desde allí trepé hasta sus rodillas y entre las piernas abiertas regresé al pubis. Intentando ayudarme, Mimina cogió mis manos y me obligó a penetrar donde el pudor me frenaba, y con sus manos incitó las mías que pronto descubrieron la entrada minúscula.

Entonces comprendí lo que Mimina quería decir. Estaba intentando ayudarme.

Así, mientras jugaba con su ardor, tomé el plátano y lo empujé con fuerza entre sus piernas. Aterrorizada, gritó.

—¡Qué has hecho, Annushka, qué has hecho! —Cuando sorprendida lo retiré, vi que estaba manchado de sangre—. ¡Mi virginidad!

Llorando se levantó de la cama y, enredándose en las cortinas del dosel, corrió tropezando con todo lo que se le ponía por delante hacia la alcoba de mi padre.

—¡Mi virginidad! —aullaba—. Me la has robado. Ahora tu padre te azotará, ya lo verás. Eres una idiota, Annushka, una idiota. —A los gritos de la muchacha mi padre entreabrió los ojos bajo el gorro de dormir.

—¿Qué sucede? ¿Por qué estáis regañando?

—Esta idiota me ha quitado la virginidad con un plátano.

—¿Has hecho eso, hija mía? —dijo mi padre bostezando—. ¡Pero qué barbaridad! Bueno, lo hecho, hecho está. ¿Y por eso me despertáis a esta hora? Y tú, Mimina, no seas exagerada, ¿qué tiene de malo un plátano?

—¡Ay! —gritaba Mimina, posesionada de su papel de rusa trágica—. ¡Me las pagarás!

—Niña —medió mi padre—, controla esa vehemencia. No sé por qué demonios le dais las mujeres tanta importancia a un himen.

—Ya, ya se ve que usted es hombre. ¿Que no tiene importancia un himen? ¡Verá cómo bajan mis posibilidades de encontrar un marido rico!

—Ingleses —murmuró *papasha*, acariciando la cabecita de Mimina en un intento de consolarla—. Ya te buscaré marido, no te preocupes. Lo que tenía que suceder ha sucedido. Y además, en cierta manera, Annushka te ha hecho un favor.

—¿Un favor?

—Sí, hija, un favor. Más vale un plátano que un tonto. Al fin y al cabo, no es más que una fruta inocente y muda y nunca se podrá vanagloriar de lo que te has dejado en sus manos. Ya verás que vale más un plátano que un tonto.

Poco convencida de los argumentos frutícolas de mi padre, Mimina hipaba entre sus brazos.

—Tranquilízate. Mañana te compraré un vestido y terminaré lo que habéis iniciado esta noche. Ya verás cómo te gusta. Y ahora dejadme, tengo que terminar de imprimir el periódico y debo madrugar.

De un salto, mi madrastra, que parecía dormida, se sentó. Tenía puesta una camisa de algodón rústico sin ningún bordado y un gorro encasquetado casi hasta las cejas. Estaba horrible.

—¡Iván Dolgorukov, como toques a las niñas, puedes despedirte de mí!

El loro se despertó también y, con una voz descorazonadora, dijo:

—¡Ah, Natalia!


A la mañana siguiente *papasha* madrugó. Con el aroma de las tostadas, que subía desde la cocina, nos llegó el ir y venir del rodillo sobre los tipos, sus canciones del Volga.

Mimina me dio una patada bajo las sábanas al tiempo que, bajo el dintel de la puerta del dormitorio, risueño, vestido con una elegante levita de largos faldones, aparecía *papasha*.

—Nos vamos de compras al Soho, de paso entregaré los periódicos y visitaré a la vieja Betsy en su pastelería. La echo de menos. Ah, qué tiempos los pasados, la vieja Betsy. Ahora es una matrona respetable, toda una señora inglesa. Y pensar que cuando era joven... Bueno, no os demoréis demasiado. Solo quedan dos horas, así que llamad deprisa a la doncella y, cuando estéis listas, pedid al cochero que os deje en la pastelería, yo iré dando un paseo.

Mimina volvió a patearme, pero ahora dijo perdón, mientras me observaba con una sonrisita satánica.

—Venga, olvida lo de anoche. Hoy es tu día, Mimina, tienes que estar guapa.

En voz baja, Mimina murmuró:

—Pequeña delincuente. ¿Sabes lo que vale un virgo en el mercado? Me lo vas a pagar.

Desde la estancia vecina la voz aguda de mi madrastra crispó la armonía de la mañana:

—¡Iván Dolgorukov, ven aquí inmediatamente, viejo corrupto! ¡Deja a las niñas y a esa pastelera fofa y promiscua!

Auguraba tormenta el tono de la buena mujer. Mientras terminábamos de acicalarnos, oímos los gritos, los «libertino», los «degenerado», la voz conciliadora de mi padre, luego un portazo.

De habitación en habitación se perseguía la pareja, él suplicando, ella pontificando orden y moral. La carrera terminó a nuestro lado.

Apenas una hora más tarde estábamos las dos en la puerta con el sombrerito y el parasol, y mi madrastra con los baúles esperando un carruaje. Ya en el umbral tronó:

—Arrepiéntete, Iván Dolgorukov, y reza conmigo. Te lo digo por última vez: no mancillarás a las pequeñas ante mis ojos.

—Pero palomita, cortecita de abedul, no es necesario que sea ante tus ojos...

—Niña, defiéndete —dijo la mujer abrazándose a Mimina—, tu honestidad peligra en esta casa. Más te vale pedir limosna bajo un puente que pecar. No caigas en las redes de este canalla, como tu madre. Más vale ser pobre, pero honrada.

Poco seducida por tan virtuoso futuro, Mimina respondió, afinando la voz:

—Ay, señora, ¿cómo voy a negar a mi protector lo que mi madre le entregara hace años?

—Sois un par de bribonas. Rusas teníais que ser —gritó, enarbolando su sombrilla mientras, como una salva de cañonazos, se oía el golpear de los baúles sobre la acera. Un cochero los subía al portaequipajes. Relinchó el caballo, relampaguearon los ojos de la mujer. Así desapareció mi madrastra en la oscuridad del coche y, bajando la cortinilla que resguardaba la ventana, se eclipsó a la vez de nuestra vista y de nuestra vida.

A media mañana ya habíamos olvidado el incidente. En la convulsa primavera y del brazo de *papasha*, cargadas con los pasteles que nos diera Betsy, recorrimos todas las tiendas de la ciudad.

—¡Mi niña! —había gritado él al verla—. ¿Qué tal tu marido y tu hijo?

—Iván Dolgorukov, ¡cuánto bueno por aquí! Pues mi marido ha vuelto a embarcar, y esta vez lo acompaña mi hijo. Así que estoy sola, querido amigo, muy sola, insoportablemente sola: sobre todo por las noches.

—Eres el diablo. ¿Sola tú? No me lo creo. Tendré que ir a comprobarlo —dijo *papasha*, mientras le metía un billete en el generoso escote.

—Mi puerta nunca está cerrada para los viejos amigos, Iván Dolgorukov, y siempre tengo algo para ellos.

—Mi querida Betsy, a ti no te cambia la edad. ¡Hasta la semana que viene, entonces!

—¡Hasta cuando quiera el señor! Tendré preparados bollos en el horno y una buena tina de agua caliente. —Rio la pastelera y mi padre le dio un beso sonoro en cada moflete.

—Hasta la semana que viene, entonces, pequeña.

—Ay, ¿pequeña yo? Qué cosas dice, Iván Dolgorukov. ¡Pequeña yo! —Y la rubicunda mujer, con los brazos en jarras, aún reía a carcajadas cuando nos alejamos hacia el Soho.

Entre las calles populosas subía en alegre coro el golpear de los herreros, el grito agudo del afilador, una bandada blanca de patos que bajaba hacia el Támesis, el humo vomitado hacia el cielo por inmensos tubos de ladrillos, hornos de la industria, chimeneas de fábricas, casas.

—¡Arenques ahumados de Yarmouth por un cuarto!

—¡Nueces fresquísimas!

—¡Compre, compre, compre!

Nos miraban los hombres a las dos, y sonreían de envidia a *papasha* desde los tenderetes, entre el aroma a especias que exhalaban los restaurantes, las frituras de pescado, los pasteles de crema y hojaldre, el tufo de la carne expuesta. Él, orondo como un palomo, nos cogía del brazo. Mimina eligió sedas para sus enaguas, livianas muselinas cuyo tacto la llenó de placer, un *fichú* de encaje que se colocó sobre los hombros; en Liberty, un chal de cachemira tan amplio que le cubría incluso el polisón. Atravesamos las calles del Soho, plagadas de niños hambrientos que se pegaban a las paredes para dejarnos pasar, donde las mujeres salen de los talleres de planchado cargadas con cestos de ropa limpia o remendada a más no poder, bamboleándose con elegancia sobre el barro. Por todas partes, entre el rodar de los carruajes, bandadas de mendigos negros de hollín, acostumbrados a la magnificencia rusa, estiran la mano para que mi padre deje caer un penique mientras ayudan con cajas de sombreros, paquetes, telas, esperando recibir dinero para volver a beber y a pelearse a puñetazos.

—Y ahora —susurra *papasha* a Mimina—, ahora el vestido. Tengo algo pensado para esta noche. Algo muy especial. Nada de colas ni de cuentas. Ya verás.

—Y yo, padre —pregunté—, ¿no tendré nada para estrenar?

—Tú, Annushka, lucirás esta noche una joya que fue de tu madre.

El vestido de Mimina era precioso. Hecho de gasa, parecía una túnica compuesta por grandes pañuelos recortados en pico antes de llegar al suelo. No llevaba enaguas de crinolina y parecía desnuda.

Giró la muchacha al probárselo, y el vuelo de la tela, abierta como una corola, dejó aparecer unos deliciosos zapatitos blancos, los tobillos decididos, el nacimiento de la pantorrilla. Parecía un hada.

—Pero con esto no podré salir a la calle.

—Hoy no saldremos, niña.

Cuando regresamos teníamos visita. Mientras se bebía todas las existencias de alcohol, nos estaba esperando un antiguo camarada de mi padre, Dimitri Shelgunov, a quien tres años en las cárceles de Siberia no habían disminuido la vitalidad. Palmeó con vehemencia la espalda de *papasha*, una vez que se dieron efusivos besos en los labios, mi padre lo interrogó:

—¿Qué te cuentas, Dimitri? ¿Qué noticias me traes de la amada Rusia? Niñas, avisad al mayordomo que no quiero recibir a nadie hasta dentro de dos días, y mientras nosotros charlamos, podéis ir a vuestras habitaciones y pedir un baño.

—¡Pero si nos hemos bañado hace apenas un mes!

—¡Vosotras y vuestras costumbres! ¿No sabéis que hay países donde la gente se baña incluso una vez a la semana?

—Estarán enfermos.

—O serán riquísimos.

—No hay excusas. Mimina, ¿cómo quieres gustar a alguien si hiedes como una yegua? Y ya vale. Tú, Dimitri, te quedarás con nosotros. No permitiremos que te vayas.

Dejándose caer sobre el sillón de cuero, Dimitri exclamó:

—Ah, la vieja cordialidad rusa. Mi querido Iván Dolgorukov, ha crecido mucho tu Annushka. Ha crecido y está muy hermosa, casi tanto como su madre.

—Chist, Dimitri, que la niña aún no sabe... —Y tomándolo por los hombros lo acercó a la chimenea donde, frotándose las manos y palmeándose con vehemencia, mantuvieron una larga conversación en voz baja. Dimitri asentía, acariciándose las barbas y mirándome de reojo. Parecía, por el brillo de sus ojos, que estaba sopesando un jamón.

Era la primera vez que oía hablar de mi madre a un extraño.


Al caer la noche, Dimitri Shelgunov estaba tan borracho que hubo que arrastrarlo a la cama. Ayudé a quitarle el calzado de color, cuyos botones de nácar chocaban vivamente con lo desaliñado de su indumentaria, con los bajos gastados del pantalón, con la melena y la barba descuidadas.

—En tiempos fue un elegante —susurró *papasha*—. Y lo sería aún, si no fuera porque los rublos que no se llevó la política se los llevaron las mujeres. Es tan pobre hoy como magnífico ayer: un ruso de pura cepa.

—¿Y se quedará mucho tiempo con nosotros?

—De ti depende, Annushka. Quiero que sea tu profesor de lengua. Lo estimo mucho: fue uno de mis mejores amigos en París, cuando comenzó hace ya años nuestro exilio. Era también amigo de tu madre. Y, por cierto, acompáñame a mi habitación que quiero darte una cosa.

Caminamos en silencio por el pasillo oscuro y, cuando entramos en la recámara, mi padre se acercó a su escribanía.

—He de darte un recuerdo de tu madre: ella lo dejó para ti. —Sacó un pastillero de plata y esmalte *cloisonné* y lo abrió. Dentro había una bolsita de terciopelo rojo que, al leve contacto de mis dedos, exhaló un aroma antiguo a lavanda y dejó caer la simiente que alguna vez fuera azul. Mi padre la contuvo en la palma de su mano y, devorando su aroma, musitó:

—Ah... Natalia.

Sobrevolando la recámara John Thompson Jr. repitió como un eco melancólico: «¡Ah, Natalia!». Pero *papasha* ignoró al pajarraco, que voló hasta una esquina de la habitación y escondió luego su cabeza bajo el ala, enfadado ante el poco éxito de su parodia. Entonces Iván me entregó el objeto.

Entre el color sangre de la tela emergió un camafeo oval que representaba a un efebo cabalgando a un delfín. Era de ónix. La figura blanca, montada sobre el pez, surgía de un fondo oscuro y azul que la piedra, desbastada en finísimas capas, se había dejado arrancar para que brotara, destellante, el color del mar. La montura de oro finamente cincelado dibujaba ondas que abrazaban perlas barrocas. Era una joya deliciosa.

Se pintó en mi mente la imagen de mi madre encerrando la joya en la cajita, juntando los brillantes labios de plata que la clausuraban para ocultar su secreto de ónix, las minúsculas rosas de la tapa que dibujaba miosotis retorciendo el metal.

Entonces deseé haber conocido a mi madre, echarme en sus brazos. Quise con un deseo doloroso que ella tomara la joya para colgarla de mi cuello hoy, que comenzaba a hacerme mayor. Pero todo esto lo callé, no quise entristecer a *papasha*.

—Oh, padre. Póngamelo, qué bonito es.

—Pronto conocerás la historia de este camafeo. Es una larga, una conmovedora historia de amor. Tu pobre madre sería muy feliz si nos viera ahora. Es verdad, comienzas a parecerte a ella, aunque tienes un aire ingenuo que no le conocí jamás. Pero vamos, hoy es un día alegre. Vamos, vamos, que Mimina estará esperándonos.

Mimina estrenó esa noche su vestido y, aunque persistía en su rencor, la cena resultó alegre. Cuando terminamos, *papasha* despidió al servicio y trajo una bandeja con el postre, un cuenco de porcelana que contenía fresas remojadas en éter.

—Ah, me encantan las fresas —palmoteó Mimina.

—Es preciso que antes las bauticemos con champán. Tú me las servirás, querida. Aún no hemos comenzado con los licores. Pasemos al despacho: os enseñaré a beber.

En la amplia habitación la chimenea de bronce estaba encendida. Crepitaban las llamas en la penumbra iluminando con su ardor de luces rojas y amarillas los libros y la madera. Olía intensamente a papel, a tabaco, a cuero.

Era una habitación extraña, con las paredes cubiertas por antiguos volúmenes, con el viejo y venerable samovar, que siempre había acompañado a mi padre, entronizado sobre una mesa de caoba, pájaros disecados sobre las estanterías, escayolas, vaciados de torsos famosos amontonados en un rincón. Al fondo, sobre una mesa enorme, había un cocodrilo embalsamado que despertaba en nosotras tal horror que solía mezclarse con nuestras pesadillas infantiles, un animal repugnante que nadie sabía cómo había llegado hasta allí, y de cuyas fauces emergía un pescado de porcelana que simulaba la recién atrapada presa. En la penumbra quieta, un piano sostenía el peso de las partituras, aquellas bajo cuya evocación solía mi padre pasar las tardes de invierno, dejando que las notas trajeran las cascadas de primavera del deshielo en Rusia, el viento huracanado sobre la estepa, los gritos de libertad. Nunca nos permitía entrar allí, al lugar donde las ceremonias de la nostalgia eran privadas, y ahora teníamos la sensación de estar profanando un templo.

Más atrevida que yo, Mimina se acercó al sillón que presidía el escritorio y, al sentarse, arrancó crujidos a la madera; brillaban nuestros perfiles con las llamas. Sobre el escritorio había una pintura al óleo que retrataba a una bellísima mujer vestida de amazona: era Natalia Petrovna, mi madre.

En el húmedo jardín germinado de rododendros un pájaro cantaba llamando a su pareja. Más allá de los cristales, más allá de la piedra, allí donde los capullos de las rosas abrazados a la pared esperaban el momento de exhibir su madurez ardorosa.

—Hace calor —dijo Mimina sofocada—. ¿Por qué has encendido la chimenea?

—Annushka deberá esperarnos aquí mientras yo finalizo lo que comenzasteis anoche y no quiero sumar a su soledad el frío. Ven, pequeña, siéntate aquí. Nosotros iremos a la habitación contigua. Dentro de un rato podrás espiar por el ojo de la cerradura: no creo que te aburras.

Mi joven aya había bebido ya tres copas del espumoso vino, y se acercó tambaleándose un poco. No podía reprimir sus carcajadas.

—No hagas ruido —susurró *papasha*—, no quiero despertar a Dimitri. Estará agotado por el viaje. —Tomando a la muchacha en volandas, desaparecieron en la habitación contigua.

Cuando acerqué mi ojo a la cerradura no pude creer lo que veía. Sobre la cama estaba Mimina desnuda. Desde mi puesto de observadora atisbé sus piernas rollizas y algo entreabiertas, algo más atrás, la suave curva de sus senos. Intenté enfocar mejor la escena, pero el cuerpo de mi padre se cruzó frente a la cerradura y, cuando vi que se acercaba a ella desnudo como vino al mundo, se abrió una puerta a mis espaldas y una voz atronadora preguntó:

—¿Hay algo para beber?

Era Dimitri Shelgunov.

Me vio agachada ante la puerta, me alejó de mi punto de mira y, doblando las rodillas, hizo lo que yo estaba haciendo segundos antes. Quedose quieto un minuto, se quedó pasmado el hombrón, y, de pronto, exclamó mientras caía, catapultado sobre su pecho, sostenido por un cordoncillo, el monóculo de carey:

—*Par la sainte Russie!*


La llegada de Dimitri Shelgunov trajo a nuestra casa una auténtica revolución. Desde aquel día, la desmesura de su carácter ocupó casi todo. También su ingenuidad, sus explosiones tanto de risa como de llanto, los insultos que proseguían a los mimos, los arrepentimientos súbitos en que desembocaban sus enfados.

Según mi padre, Dimitri había dado varias veces la vuelta al mundo, había conocido la cárcel y la riqueza, también había procreado en los puntos más insólitos del planeta. Pero después no soportaba vivir con niños ni con mujeres, porque exigía para sí esa entrega que las féminas suelen regalar solo a sus hijos. Sin embargo, lo acongojaba abandonar a una mujer y más todavía que llorase.

Había viajado a Londres tras ocho años en las cárceles de Austria y Rusia y otros tres en Siberia, de donde escapó a través del Japón. De allí se había dirigido a San Francisco y, finalmente, con dinero que le enviara su amigo Iván Dolgorukov, logró desembarcar en Liverpool.

Nada de esto parecía importarle: sus viajes se parecían más a la flecha voladora de Cupido que a una misión política, y de todas partes le llegaban cartas perfumadas que luego leía a gritos en la sala entre el regocijo general. Le gustaba contarnos historias de amor que tenía escritas en un diario de viaje y lo hacía con tal entusiasmo que a partir de entonces nuestras veladas enjambraban a su alrededor.

—¿Por qué escribes, Dimitri? —le pregunté un día—. ¿Es que no las recuerdas, es que no recuerdas a todas las mujeres que has amado?

Primero intentó una suma silenciosa, contando con los dedos, pero luego abandonó la tarea.

—Son demasiadas —me respondió, acariciándose las barbas—. Y temo que mi memoria flaquee aún más con la edad. Quizá algún día me comprendas. Ningún amor, por nimio que sea, merece ser olvidado.

—¿Y a mí, Dimitri, me recordarás cuando te vayas?

—Pequeña —dijo él, acariciándome la cabeza con ternura—, ¿cómo podría yo olvidar a la hija de Natalia Petrovna? No, no hará falta que te apunte en mi cuaderno. Y tenlo por seguro: ningún hombre que te conozca necesitará hacerlo.

Enrojecí y bajé los ojos para recibir mi primer piropo.

La noche en la que Dimitri irrumpió en el salón buscando bebida en momento tan poco oportuno quedó petrificado tras la puerta.

—¿Qué estás haciendo aquí, Annushka?

—Lo que me ha dicho *papasha*, señor: espío. Ya no lo haré más. —Y, recordando súbitamente mis buenos modales, le dije—: ¿Puedo ofrecerle un vasito de vodka?

Dimitri aceptó con cierta timidez. Me alejé para servirle y, cuando regresé con la bebida en la mano, comprendí que la situación era incómoda; para circunstancias de ese cariz no me habían preparado mis maestras.

Desde la habitación contigua llegaba el isócrono crujir de una cama. Así que, en un intento de divertir a mi huésped, puse en marcha el metrónomo que estaba sobre el piano y comencé a tocar con entusiasmo una polka.

Cric-cric, hacía la cama, tac-tac, el metrónomo mientras mis dedos inhábiles tropezaban intentando distraer a nuestro amigo.

—¡Ah, Natalia! —bailoteaba alterado John Thompson Jr.

—Déjalo, pequeña, déjalo —dijo Dimitri, tapándose los oídos—. Ahora seré yo quien te divierta. Ven, te contaré una historia.

—Gracias, señor. Nunca he sido una buena pianista.

—Ahora escúchame. Mientras mi buen Iván y tu amiga terminan lo que han comenzado, he de narrarte una curiosa experiencia que tuve en las Indias. Hay en ella encerrada una moraleja, que creo que puede serte útil esta noche. Permíteme que busque el cuaderno en donde la tengo escrita. Sin duda te resultará amena a la par que instructiva.

Sentada en un taburete a su vera, me dispuse a escuchar.

*Entre las muchas mujeres que he conocido en mis viajes hubo una, una hermosísima indígena, que me enseñó una gran verdad: nunca debe limitarse el cuerpo a un solo orificio, teniendo como los tiene múltiples y capaces de reemplazar el camino más trillado cuando algún obstáculo inhibe su recorrido.*

*Viajaba yo por la selva peruana y, acostumbrado a la pobre naturaleza europea, percibía sensaciones inagotables ante la desmesura vegetal.*

*Los indígenas, hospitalarios, me habían acogido sin suspicacias e incorporado a las tareas del poblado. Dos meses hacía de mi llegada, dos meses sin catar a una mujer.*

*Además, bañábanse las hembras desnudas en el río ante mis ojos —inocentes como eran— y luego se azotaban jugando para secarse con hojas de un gran frutal, cuyo aroma impregnaba tanto su piel como mis sentidos. Imagínate lo que supone este placer para el olfato de un hombre como yo, acostumbrado al rancio tufo de las europeas.*

*Ella era una mujer casada. Por una ancestral costumbre de su pueblo, el marido, cuando tenía que abandonarla, la encerraba en una choza dejando solo una ranura para que pudiese respirar. Supondrás lo que puede sufrir, en una selva exuberante y con un clima tropical, una mujer sola condenada a tal suplicio. Tuve la oportunidad de verla cuando la llevaba su marido allí y ese solo minuto bastó para que la deseara. Era una mujer pequeña y morena, de labios carnosos, y dotada del más bonito par de senos que he visto jamás. Las indígenas de esa zona del Perú visten solamente con una falda y dejan todo lo demás al descubierto, adornan sus orejas con grandes pendientes de oro puro. ¡Cómo brillaba el metal contra su piel, contra su rostro lloroso! ¡Oh, no podía marcharme de aquel país sin haber poseído a la bellísima muchacha!*

*Así que durante la siesta, cuando los indígenas reposaban tras la comida —costumbre que tienen muy arraigada desde la conquista española—, me acercaba a la ranura para conversar con ella. Hablaba yo su lengua, pero con tan escaso léxico que pronto no hubimos qué decirnos. Tú no sabes lo excitante que puede ser una mujer prohibida, y lo excitada que puede estar una mujer encerrada. Así que, con nuestro escaso vocabulario, convinimos en buscar la forma de que mi flecha hiriese su blanco.*

—*¿Cómo lo haremos?* —*preguntábale enardecido, viendo casi imposible pasar de la palabra a los hechos, no solo por lo menguado de la ranura, sino también por la vigilancia de los hombres.*

*Y ella me contestó:*

—*Tú simula que estás arreglando la paja del tejado de mi prisión y ponte de puntillas sobre un taburete. Desabróchate los pantalones, acerca tu cuerpo a la pared de la choza y hunde lo que quepa de tu verga por la ranura: yo haré lo demás.*

*Todo esto me lo explicó con escasísimas palabras, pero tal era mi deseo que la hubiera comprendido aunque hablase en chino. Rumoreaban grandes y húmedas las hojas de los árboles y cubrían la cabaña con una sombra solo similar a la de un cuerpo que se tiende, entregado, sobre otro. Copulaba la naturaleza toda.*

*Al día siguiente, en medio de la canícula de la siesta, mientras todos dormían, acerqueme a la improvisada cárcel y cumplí con su mandato. La ranura era estrechísima, apenas si lograba yo colar la cabeza de mi instrumento —que es bastante fina y, por lo tanto, apropiada para tales aventuras— pues el celoso marido había previsto esta posibilidad limitando el espacio de ventilación al mínimo. Ella, astuta como era, había pensado en todo y, como los caminos habituales de su cuerpo eran demasiado profundos para que cualquier penetración le fuera grata, acercome la oreja y, luego de lamer la punta de mi aguijón con donosura, la introdujo en su oído y yo escuché con los míos —que, a la sazón, no estaban ocupados en ninguna tarea específica— uno de los orgasmos más salvajes que haya salido de pecho de mujer. Mientras tanto yo gemía también, abrazado a la cabaña. Sumábanse nuestros suspiros al rumor de la siesta vegetal, al corazón de la selva.*

—Con esta historia, querida niña, quiero que comprendas que el placer puede entrar en tu cuerpo por múltiples puertas. No envidies a Mimina, no. Mientras reflexionas sobre lo que te he contado, permíteme penetrar en esa habitación para compartir la noche con mi amigo. No temas, volveré enseguida.

Así lo hizo. Yo me distraje pensando y destrozando mi polka, y conforme el metrónomo marcaba las corcheas, la cama subrayaba el ritmo agitándose más y más. Cuando salieron cansados los tres yo había conocido los celos.

Sin hacerse rogar, Dimitri aceptó convertirse en mi profesor de lengua. No era mala la propuesta de recibir, a cambio de sus lecciones, alojamiento y comida, y menos para él, que de momento se encontraba sin un penique, porque había regalado las tres haciendas que heredara de su familia en Belo-Omont, cerca de la provincia de Penza, a los siervos que las habitaban.

Las cuatro mil almas allí establecidas habían cultivado la tierra en condiciones brutales, y el piadoso Dimitri, convertido en la Universidad de Moscú a los principios socialistas, comenzó por liberarlos para luego poner la tierra en sus manos.

Aunque recelaran de la prodigalidad de su amo —prudentemente, porque los dones de los poderosos no suelen ser gratuitos—, los siervos terminaron por aceptar, y hubo entre ellos y su señor una transacción comercial muy poco conveniente para la segunda parte.

Así, liberado a la vez de bienes y de culpas, comenzó Dimitri su viaje por cárceles y continentes, alternando la prisión política con la del corazón, un corazón que entregaba con ímpetu igual al que luego utilizaría para recuperarlo. De ambas cárceles huía cuando llegó a casa. Como él no había retenido sus bienes, tampoco consideraba razonable que los de su amigo Iván debieran guardarse, y la propuesta de permanecer bajo su techo y con su dinero no le molestó.

Tampoco fue ajeno a su decisión el natural deseo de mí que en él había nacido la noche en la que participó de nuestra escenita familiar.

Mimina, celosa, no me perdonaba aquello que le robé, lejos de hacer las paces alimentó la guerra, intentando arrastrar hacia su territorio a mi nuevo profesor.

—Comenzaremos por el latín —me había dicho Dimitri—, la madre de todas las lenguas. Pero como no me gusta que estudies sola, te he traído un compañero, y con él introduciré mi primera lección, donde se aúnan lengua y zoología.

Decía esto mientras ocultaba a sus espaldas una cesta de cuyo interior salía un maullido.

No quise decirle que había descubierto su secreto para no estropearle la sorpresa, y cuando —besándome tímidamente en los labios— me entregó la cesta, la recibí feliz: nunca me habían permitido tener otra mascota que ese maldito John Thompson Jr.

Abrí la puertecilla y vi salir a un gatito blanco que de inmediato comenzó a acicalarse, como si temiese aparecer en público poco aseado. Después levantó hacia mí sus ojos azul brillante, y si no fuera porque los gatos no sonríen, diría que lo hizo: fue un amor a primera vista.

El animalito no debía de tener más de nueve semanas y jugueteaba sobre la alfombra.

—Es una raza nueva, cruce de persa con angora. Aún no ha sido presentada en Londres, así que tienes ante ti a un precursor. —Levantó mi nuevo maestro el frondoso rabo y mostrándome sus testículos subrayó—: Y a un semental.

Ajeno a tales exhibiciones, el gatito paseaba sobre la alfombra con complacencia y, cuando vio que lo mirábamos, hizo un gesto despectivo y comenzó a lamerse el pecho.

—Qué remilgado es, no deja de limpiarse.

—Tiene una lengua deliciosa. La baronesa Von Nissemburg, la primera que consiguió esta raza, no cesaba de elogiarla. Y como sabe toda la corte, era una mujer en extremo exigente. Mira las orejas pequeñas y redondeadas, mira qué robusto es. Y qué mofletes tan sedosos: parece un niño viejo.

El gatito saltó ronroneando sobre mis faldas. Comencé a acariciarle el collarín de un blanco casi brillante, a rascarle la tripa, a sobarlo.

—Será un espléndido compañero de estudios. Verás lo bien que lo pasamos los tres.

Por la noche el gatito durmió conmigo y se metió bajo mi camisa buscando calor, sumando a mi vientre blanco su blanca piel, a mis sueños primaverales su ronroneo, a mis dedos, su lengua. Así que por la mañana estaba yo lánguida y dispuesta, tras una humeante taza de té, para comenzar con el latín.

*Papasha* nos permitió trabajar en su escritorio. Sentada frente a mi nuevo profesor, escuché de·sus labios esta fabulilla.

LAS DOS FLECHAS DE CUPIDO

*Olim quondam cochlea* [...]*

*Hubo una vez un caracol que vivía solo en un huerto. Un día llegó hasta allí una joven viuda quien le dijo:*

*—Oh, caracol, ¿no eres desgraciado lejos de los de tu especie?*

*A lo que respondió el caracol:*

*—No conozco otra necesidad que la de alimentarme. ¿Por qué entonces, teniendo alimentos, he de sentirme desgraciado?*

---

* Traduzco la fábula para comodidad del lector, aclarando que la versión latina se encuentra en *Satiricón* de Petronio, fragmento 7 de la edición de Sankt Gallen, Suiza.

—¡Por Venus! —respondió la viuda—. ¿Es posible que no añores el amor?

Y esto diciendo, la mujer se levantó la túnica hasta su blanco vientre y continuó:

—Así me sucedía cuando era virgen. Pero desde que conocí el vigor de mi marido ardo y languidezco. Él ha descendido al Hades en plena juventud y dejándome sola me ha hecho infeliz. —Y la joven viuda, mesándose los cabellos, comenzó a sollozar.

Conmovido el caracol por la desgracia de la mujer acercose a ella y, como se sintiese tentado por la blancura de sus carnes y por el tupido vergel que ella exhibía, trepó lentamente por sus piernas. Ella, como sintiera la húmeda caricia, recordó cuando el difunto recorría con su lengua el mismo camino y, ardiendo de deseo, permitió que el animalillo ascendiera, y llegado que fuera a la roja flor, dio un tremendo suspiro y fue feliz.

También el caracol descubrió el deleite, y cuando se marchó satisfecha la mujer, él se dijo:

—Antes, cuando no conocía el placer, vivía contento; pero ahora no podré soportarlo. ¡Oh dioses! No es justo que se castigue mi generosidad.

Apiadose Cupido y, descendiendo del Olimpo, dijo al caracol:

—Que tu piedad tenga premio. —Y, considerando el dios cuán difícil sería para el lento caracol encontrar pareja en el enmarañado verdor del huerto, sacó de su carcaj dos flechas y por dos veces lo hirió.

Así el caracol, fiel a los designios de Cupido, se enamoró de sí mismo y cumplió con su deseo cada vez que fue necesario.

Y es por eso que los caracoles son hermafroditas.

Yo lo escuchaba embobada, no solo por lo didáctico de la historia, sino también porque el gatito, libre bajo mis enaguas, había encontrado el cálido botón y estaba lamiendo con frenesí.

—*Testatur haec fabella propositum meum*[*] —continuó Dimitri—. No siempre es necesaria otra persona para calmar nuestros deseos. Tú, querida muchacha, no has conocido aún varón, pero esto no impide que encuentres el placer en ti misma, como nos enseña la historia. Permite, para completar tu clase de lengua, que reemplace a tu mascota bajo tus enaguas. —Mientras esto decía, hundiose Dimitri en un mar de encajes y con su lengua terminó con menos aspereza lo que comenzara el gatito, con tal gallardía que aún hoy recuerdo mi primera lección.

Cuando agotados cerramos el libro, me fui a la cama y supe que no podría dormir, y no lo hice, hasta que mi padre —el que yo creía por entonces mi padre— se apiadó también de mis ansias y, acercándose en silencio hasta mi lecho, rasgó por fin entre mis piernas el frágil velo que me separaba del mundo.


A no ser por los celos de Mimina, aquel hubiera sido el comienzo de la mejor época de mi vida. Desvirgada por fin, conocedora ya de los misterios del sexo, logré con Dimitri no solo apasionarme por la lengua, sino también algo semejante al amor. Pues mientras él con sus historias ponía colofón a sus enseñanzas, mi padre ampliaba el camino por las noches, instruyéndome en todo aquello de lo que Dimitri, por la blandura de su afecto, me privaba. Por un lado obedecía a mi padre:

—No te entregues a un solo hombre. Nunca dependas de un solo amor. Esto lo supo tu madre cuando era muy joven, y creo que, por respeto a su memoria, debo enseñártelo. Intenta proteger tus sentimientos y, si los das, si no puedes evitar entregarlos, colócalos en buenas manos. A veces las jovencitas os apre-

---

[*] Atestigua esta fabulilla mi propósito.

suráis, y eso se paga toda la vida. Hija mía, no entregues tu corazón.

Para ser fiel a las enseñanzas de mi padre a la vez que al afecto que en mí despertaba Dimitri, me sometía yo a una doble monta. Si las noches las pasaba entre abrazos paternales, durante las tardes eran cubiertos mis ardores por el celo de mi profesor.

Así, a la par que aprendía, me fatigaba, y llegué a tal estado, y a tal estado llegaron mis maestros, que hubimos de poner coto a tal prodigalidad.

Mimina, que para entonces se había aficionado a la doma de nuestro mozo de cuadras, un inglés robusto y pecoso con quien cabalgaba a la hora de la siesta, se distrajo de sus aventuras en los establos para sembrar la discordia, ya que solía interrumpir nuestras clases con sus demandas. Así Dimitri fue, en pocos meses, tan solo una sombra de sí mismo, y comenzó a enfrascarse en la redacción del periódico con el entusiasmo de un poseso, temiendo ya —a causa de los abusos— que no solo el placer le arrancásemos del cuerpo, sino también el alma.

En aquellos días, a los regalos vehementes de *papasha* sumé mi entusiasmo por las drogas, que estimulan el cuerpo y descansan el espíritu, ya que ni siquiera mi juventud me permitía esfuerzo tan prolongado. A ello contribuyó Dimitri, regalándome como premio a mis labores una hermosa jeringuilla de plata con piedras preciosas engarzadas. Solo así, mediante el fluido que recorriéndome la sangre me aquietaba el alma, logré yo descansar, y con el descanso de mis ansias también descansaron mis tutores.

He de decir que a pesar de los arrebatos y de los celos de Mimina fui feliz, y que guardo de aquel tiempo una inmensa gratitud hacia mis mayores. Ni siquiera cuando supe que *papa-*

*sha* no era en realidad mi verdadero padre menguó mi entusiasmo, ni quise, en realidad, hasta meses más tarde, conocer a Karl Marx.

Esto fue a raíz de nuestras múltiples lecturas, pues en todo me adoctrinaba Dimitri, quien un día hizo caer en mis manos un librillo que decía así: «Proletarios del mundo, uníos».

Era un texto vehemente, emocionado, y yo, hasta entonces encerrada entre las cuatro paredes de nuestra casa, quise trasponer los muros de la primera edad y del brazo de *papasha* conocí a los que más allá de nuestro pequeño mundo trabajaban para conseguir otro mejor. Me hablaron ellos tanto de mi padre, tanto me despertaron el ardor, que un día quise conocerlo.

Atenta a sus consejos, acoplábame entonces a cuanto ser entraba en nuestra casa, pero *papasha* me regañó.

—Niña, no todas las uniones tienen como finalidad el placer. También los hombres han de juntarse para salir de la miseria... En nuestra amada Rusia el pueblo sufre —continuó—. Tu padre es un gran hombre, y está entregado a su causa. Algún día vendrá la revolución, y seremos por fin libres. Annushka, debes aprender a concebir otras uniones, pequeña, por más agradables que te parezcan las que ahora practicas.

—¿Y podré conocer a mi padre?

—No lo sé, hija mía. Pero me tienes a mí. ¿Para qué quieres más?

—¿Por qué mi padre no me quiere? Vive también en Londres, y bien podría ocuparse un poco por su descendencia. ¿Tengo acaso otros hermanos?

—Tienes que comprender: la vida de tu padre ha sido muy dura. Ha conocido la más extrema de las pobrezas, la penuria más cruel: hace años supe que carecía de medios hasta para enterrar a su hijita. ¡Una niña que nació sin cuna y a la que el destino le ne-

gaba un ataúd! Dicen que ya no pasa penurias, pero entonces...
¡con su inteligencia!... carecía hasta del dinero necesario para comprar papel. Y ahora es casi un viejo...

—¿Nunca lo veré?, ¿por qué no puedo conocerlo?

Entonces, nadie me contestaba.


Un día, *papasha* me anunció una visita.

—Espero contar contigo —dijo— para que agasajes al hijo de un camarada que ha muerto en París.

—¿Un geronte?

—No, y no seas insolente.

—¿Un imberbe?

—Tampoco. Debe de ser un buen hombre, si se parece a su padre, y además es inmensamente rico. Podría haber sido tu hermano mayor.

—Oh, no, *papasha*, otra vez no. Ninguna de las madres que he conocido ha sido mi madre. Usted, a quien yo creía mi padre, no lo es en realidad. Mi padre verdadero no me reconoce, Mimina tal vez sea su hija... Oh, no.

—Bien sé que tu historia es complicada, pero también lo son los tiempos.

—Tiemblo, ¿adoptará usted al huérfano? ¿Tendré que convivir con él?

—No es eso. Sacha Nikólaievich no necesita que nadie lo adopte. Tiene bienes incluso en América y vive en París. Además, no es un niño; es un hombre. Lo conocí hace muchos años, casi los mismos que tienes tú, y era entonces un joven algo hosco y ensimismado, pero de una inteligencia superior. Confío en que os llevéis bien.

Ya estaba dicho el nombre de mi destino: Sacha Nikólaievich.

—Has de saber, pequeña, que su padre, que en paz descanse, fue un gran amigo mío y de Dimitri, a la vez que marido de tu madre. Algún día comprenderás por qué te abandonó ella, pero con Sacha convivió durante algún tiempo. Tal vez te guste hablar con él: solo quiero saber cómo encauzará su vida.

—¿Y su verdadera madre?

—Nunca la conoció. Nikólai Vslelódovich, su padre, contaba cómo, en un viaje por Italia, tuvo una aventura con una campesina. Regaló a la muchacha una medallita de oro que tenía grabado su nombre y un año más tarde recibió como presente un niño: era su hijo, era Sacha, y la campesina no podía mantenerlo. Italia ardía como un polvorín y los amenazaba el hambre.

—¿Y qué opinaba de todo esto mi madre?

—Eres demasiado joven para comprender la historia de Natalia Petrovna. Pero has de saber que entre ella y su marido hubo algo mucho más profundo que un matrimonio, algo mucho más raro: una amistad. Además, como te he contado, no era una mujer fácilmente penetrable. Y Nikólai, en cambio, un auténtico Príapo; en fin, una desgracia. Dos seres tan distintos unidos por la fortuna. Tu madre, hija mía, era un ser superior. Todos la deseábamos, pero resultaba inalcanzable. Solo Marx la tuvo realmente entre sus brazos y de esta unión naciste tú: algún día lo comprenderás. Nikólai, ardiente como era, soportaba la tortura a la que lo sometía tu madre en otros brazos. Nunca envidié su lugar; creo que ni siquiera llegó a ver a su esposa desnuda. Debió de ser un tormento convivir con una hembra como ella y no poder...

—¿Y cuándo llega el tal Sacha?

—Mañana lo tendremos aquí.

A la mañana siguiente Sacha Nikólaievich asomó su rostro por la puerta de la calle. Digo asomó porque era tan tímido que el cuerpo había quedado fuera mientras que la nariz y la bien afeitada perilla tendían hacia el hall donde nosotros, alineados cordialmente, lo esperábamos.

Mimina vestía sus mejores galas y su mejor sonrisa, y fue tan efusiva con nuestro huésped que el pobre enrojeció ante el agasajo. No era corriente, al parecer, en París, que una jovencita diese la bienvenida a un extraño besándolo en la boca e introduciendo la lengua hasta sus amígdalas.

Pasaba Mimina entonces —y a partir de la fábula del caracol— por una etapa zoológica y luego de haber intentado emular a varios animales en su apareamiento estaba ensayando lo que llamaba «el beso del molusco» por la humedad producida al fundirse los labios. Pero hubo de abandonar su experimento al ver el pavor que producía en su víctima.

Así saqué momentáneamente cierta ventaja.

—Debe de ser un afeminado —murmuró ella, perdiendo en el acto todo interés. Pero en cuanto vio mi cara, volvió a atacar—. Annushka, ¡estás roja! No digas que te gusta ese petimetre. ¡Si parece una doncella! Vaya, vaya, te lo dejo a ti, para que luego no digas que soy una tacaña. Pero esta tarde tomaré yo lección con Dimitri.

Mientras tanto, y casi sin escucharla, yo tendí a Sacha mi mano, que él besó, y Dimitri, sin haber oído cómo nos lo repartíamos, palmeó la espalda del hijo de su amigo con vehemencia.

Cuando por fin levantó el rostro que intentaba hundir en su levita negra abrochada hasta el cuello, vi que era sobrecogedoramente hermoso. Tenía el pelo negro, ensortijado, tan largo casi como el de Mimina, y su aspecto era el de un dios mediterráneo: gruesos los labios, ardiente la mirada, pero tan débil el ademán que trabajo costaba descubrir todas estas cualidades. Era como si estuviese pidiendo permiso para vivir.

—Te lo dejo, claro que sí. Pero con una condición: quiero a Dimitri y el camafeo. Tú me los das, y yo te lo dejo.

Acostumbradas como estábamos a la energía rusa, a la estridencia de las voces, a los palmoteos enérgicos, a los afectos expresados a gritos y aplaudidos a cañonazos, Sacha, con sus ademanes refinados, fue la manzana de la discordia. Una discordia fútil por cierto, ya que él huía permanentemente de nosotras para encerrarse en la sala de música. A veces lo oíamos llorar.

Entonces yo, joven como era, sufría con él, como si mi alma permaneciera también prisionera en la habitación clausa y luego, cuando golpeando el muro de mis sentimientos, sonaban los acordes que arrancaba con furia al piano, yo sentía en mis mejillas la huella de sus lágrimas, el palpitar de un corazón en la ternura del pianísimo con el que Sacha se rompía de tristeza. Sacha, el hijo de Natalia Petrovna.

En cambio Mimina, aprovechando mi debilidad, hacía grandes progresos con Dimitri; Sacha no presentaba para ella otro interés que el de tenerme en sus manos, mientras que Dimitri podía procurarle una boda interesante. Sin duda *papasha* la aprobaría adobándola con una buena dote.

—Recuerda que me robaste la virginidad. Has de entregarme un objeto muy amado. Anda, déjame tu sombrilla, y también el manguito de marta.

Dimitri, que nunca había tomado realmente en serio a las mujeres, temía ahora que una disputa entre nosotras hiciera peligrar su techo, y nos evitaba a las dos. Estaba cansado de tanto vagabundeo, no quería que nuestros pequeños altercados hicieran tambalear su vida y se enfrascaba en la confección del periódico, limpiaba como un poseso los tipos, arrancándoles sonidos rítmicos al hacerlos caer desde el cajón y, mientras pasaba el rodillo ignorándonos, Mimina y yo cruzábamos, sobre las máquinas, sendas miradas: las de ella de triunfo, las mías de dolor.

Tampoco era *papasha* un modelo de equilibrio. Entusiasta como era de la vida conyugal, no había podido sustraerse a la seducción de una tremenda inglesa que ahora intentaba ejercer su maternidad frustrada sobre nosotras.

¡Orden!, era su muletilla. Y no solo había hecho desaparecer las huestes de emigrados, sino que pautó también horarios y vestidos e incluso logró mantener sobrio durante una semana a su reciente marido. Desaparecieron de casa el opio y el éter, el vodka, las bebidas espumosas y turbias, el vino dulce y resinoso de Grecia, con el que habíamos bendecido tantas tardes de armonía familiar.

Su próximo objetivo era Dimitri, quien, atemorizado ante el acoso femenino, se parapetaba en el sótano donde estaba instalada la imprenta. Y allí se colaba Mimina con una botella de vodka, conseguida quién sabe con qué peligros.

Olimpia era el nombre de nuestra nueva madre que vivía en un mundo de sublimes virtudes, de imaginarios triunfos del bien sobre el mal y que no cejaría hasta erradicar el pecado de nuestras vidas, aunque para lograrlo terminara con todos nosotros.

No eran menos peligrosas sus ansias de mejorar nuestros cuerpos, cuando nuestras almas se le resistían. Higienista por militancia, hizo no solo que tragáramos una repugnante dieta equilibrada y que nos bañásemos una vez a la semana, sino que también logró que practicásemos algo penoso: deporte. Pero no artes amatorias, que aparentemente reservaba solo para ella en la intimidad de su alcoba, sino deporte liso y llano. Olimpia nos obligó a pasear en velocípedo. Pero aun a esta situación logramos sacarle algún provecho, ya que el sillín del artilugio colocado entre nuestras piernas pedaleantes reemplazaba —aunque con magros beneficios— al otro deporte del que habíamos sido cruelmente separadas.

De ella decían que había estado casada con un pastor protestante y que los nuevos aires puritanos que alentaba la reina Victoria eran enteramente de su agrado. Y, como todos los puritanos, mantenía una vida doble: casta con el sol, atávica con la luna.

Así nuestro hogar, antaño afable, era ahora un nido de pasiones. Dimitri se escondía; *papasha* se había convertido en un místico, Mimina perseguía a Dimitri, y hasta mi gatito huía asustado al jardín, al vernos pasar. Y ese maldito loro sufriendo ataques de nervios y gritando desde el alféizar de la ventana hacia el jardín:

—¡Ah, Natalia!

Solo yo, a la vez que intentaba escapar de todos, sollozaba sola en la habitación, y no comprendía que el débil anzuelo que me tendía Dimitri no impediría que cayese en unas redes mucho más terribles: las del primer amor.

Acaso Sacha, siempre solitario, escapara —a fuerza de ignorarnos— de la hecatombe.


El primer amor. Aún me estremezco al recordarlo; aquel sentimiento insoportable que por suerte solo se vive una vez.

Para entonces yo había cumplido quince años y dos hechos de muy diferente signo romperían el espejo en el que se deslizaba mi existencia: me casaría con Sacha, partiría con él a París. Y la misma tarde en la que tomé tal decisión, mientras flotaba en la felicidad que solo puede provocar la inconsciencia, me llegó la noticia de la muerte de mi madre.

La noticia viajó lentamente desde Siberia y tardó tres años en golpear a nuestra puerta.

Sacha, impresionable y nervioso, se ha encerrado en la biblioteca y no cesa de tocar el piano. Los acordes resuenan lúgubres en mi habitación, en donde maletas y baúles han cargado ya con el peso de mis recuerdos. Sé que llora, y sé también que no debo consolarlo.

En algún momento he de crecer, dejar los brazos protectores, abandonar la infancia. Me lo digo a mí misma para que la despedida no me parta el corazón.

Cuántas cosas han sucedido entre estas paredes, cuánto amor, deseo, esperanzas. El último año ha pasado deprisa y hay mucho que contar antes de cerrar el cuaderno que pondrá fin a una etapa de mi vida. No creo que vuelva a Londres: las cosas han cambiado y solo cabe huir hacia adelante.

¿Seré feliz con Sacha? Ante mí se abre un camino difuso. Sé que ahora lo deseo, sé que él, desde que se perdió entre mis brazos, me desea también. Todavía lo puedo ver, en camisa, temiendo desnudarse, incitado por mis besos.

—Annushka —solía decirme—, te pareces tanto a tu madre. —Y luego inclinaba su cabeza sobre mi pecho. Era el suyo un gesto de hermano mayor, pero yo sentía aletear bajo mi piel algo muy distinto al placer que *papasha* o Dimitri despertaran en mí.

Ah, tampoco he escrito que Dimitri se casó con Mimina. Ella recibió una fuerte dote de *papasha* y Olimpia alimentó esta unión que alejaba de casa a una rival peligrosa.

Hoy han venido a despedirse. Mimina llevaba colgado de su cuello mi camafeo, el que tuve que entregarle para que me permitiese tener a Sacha solo para mí. Está muy hermosa embarazada, con su vientre oculto por el guardainfante, y Dimitri no deja de mirar a nuestra nueva doncella.

Sacha. Nunca olvidaré aquella escena en el jardín.

Por la mañana el cielo era de un azul suave, pero había ya en el aire un presentimiento de otoño. Al atardecer algunas hojas muertas que se doraban en el follaje comenzaron a desprenderse; extrañamente también en nosotros dormitaba la idea de un cambio y la tensión de la tormenta, necesaria para refrescar la atmósfera, nos hacía sentir nerviosos.

Estábamos sentados en el cenador, bajo el manto rojo de la parra y nuestras vagas y deliciosas confidencias a media voz, entre hojas que volaban arremolinándose a nuestros pies, ataban un lazo del que ni nosotros mismos éramos conscientes. Había algo de provocador, de incendiario en todos nuestros gestos, y bajo el cielo cargado de tensión estallé sin pensarlo.

—Sacha, oh, Sacha, bésame.

Él se postró a mis pies, tomó mi mano y la llevó a sus labios. ¿Era aquel un beso de amor?

—Te respeto demasiado —susurró tímidamente. Pero sus labios ardían como una fogata de hojas secas.

Entonces lo incité a ponerse de pie y una brisa fría nos envolvió. Mientras me apretaba contra su cuerpo, sentí súbitamente la firmeza de su deseo y, tomando la mano que encerraba la mía, la besé también. Sacha se puso tan rojo que temí que me abandonara: entonces intenté atacar sus labios.

—No puedo, Annushka, no puedo hacerlo. Te pareces demasiado a tu madre. Y no he estado con muchas mujeres, ¿sabes?

—No temas: seré tu maestra.

Una lluvia fina comenzó a golpear las hojas, a perfumar la tierra levantando el ardor de la lavanda, tumbando las últimas espigas preñadas de azul. Impúdicas, las dalias exhibían la desnudez de sus corolas.

—Vamos a casa, cúbrete con mi chal.

—Hoy llega el otoño.

—Ven, no hay nadie en casa.

Así, mojados, entramos en mi habitación y ayudé silenciosa a Sacha a quitarse la ropa. Él se dejaba hacer sin mirarme, y cuando por fin rindió sus pantalones y desnudas le quedaron las piernas, cuando su pecho se entregó a mis caricias bajo la tela blanca, lo vi tan hermoso que no pude continuar.

—Ahora desvísteme tú.

—¿Y cómo lo hago? —Mientras decía esto, desabrochaba mi vestido, y al llegar al corsé se detuvo, sin encontrar el hilo que desanudaría la madeja. Entonces recordé las enseñanzas de *papasha* y alcanzándole una tijerilla permití que cortara cordones y lazos, hasta que el torso casi de escayola cayó a mis pies: nunca más lo volví a usar.

Golosos saltaron mis pechos hasta sus manos, libres de su cárcel, y él acercó los labios hasta beber de ellos como si fuese un niño; lamió primero la oscura flor, lamió y al contacto de sus labios se irguieron mis pezones entregándose a la blandura de su lengua, al cerco de los dientes, a la vibración de todo su cuerpo que bajaba por mi cintura violando batistas y encajes, estremecido entre las blancas enaguas, asombrado ante el límite que la liga subrayaba en mis piernas. Pero entonces volvió a mi regazo y exclamó:

—¡*Mátushka*!

Sabía yo caminar desnuda pues Mimina me lo había enseñado y separándome de él lo hice ante su asombro, levantando los brazos para que el temblor del pecho lo incitara, acercándome a cerrar las ventanas, no porque temiese el frío, sino para que él se perdiera en mi espalda, en las ancas redondas y jóvenes, en las piernas firmes. Al darme la vuelta, supe que Sacha no lo podría tolerar, y cuando el rubio vellón asombró sus ojos dijo:

—Eres demasiado hermosa. Ven, deja que desanude tus trenzas, envuélveme en tu larga cabellera rubia.

Y se detuvo otra vez, ahora sin saber cómo continuar, tímido ante mi destreza, mientras yo le obedecía.

—Sacha, ven aquí.

Paso a paso, botón a botón, desprendí su camisa, deteniendo mi mano en cada nuevo intersticio de piel, desvirgando su torso con mis pezones, acercándome tanto que pronto tuve entre mis piernas al testigo de su virilidad.

Él, con los ojos cerrados, se dejaba hacer, asustado y deseoso. Lo empujé suavemente hacia la cama y, cuando se tendió sobre mí, pude comprender que solo con mi ayuda encontraría la entrada del placer.

—Oh, por fin —gemía—. Por fin te he encontrado. Deja que apoye mi mejilla contra tu pecho como si fuese un niño, como si fuese un hijo. Oh, *mátushka*, déjame entrar en ti. —Así lo hice, y lo conduje tiernamente hasta que, tras varias estocadas, hirió por fin el blanco.

Quedeme quieta, olvidada de admiración, quedeme rendida y Sacha con dulzura vertió por fin el primer amor dentro de mi cuerpo.

Cuando cayó rendido a mi vera lo oí sollozar. Un hilillo húmedo se perdía entre las sábanas.

Dos días después abandonamos la habitación sin que Sacha necesitara ya de brújula alguna para completar el viaje.

Esto sucedió hace dos meses. Ahora partiremos juntos, y anoche, en el silencio de la biblioteca, oí cómo *papasha* y Dimitri hablaban de Karl Marx.

Decían que está enfermo. Que Marx, mi verdadero padre, está muy enfermo.

—Ese hombre no desea vivir desde que enviudó. Y fue mala suerte que muriera también otra de sus hijas. Se apaga, querido amigo, se está consumiendo. Sufre del estómago y envejece día a día —susurraba Dimitri—. Nunca ha comprendido realmente a los rusos, nunca comprendió nuestra lucha, pero no por ello dejo de admirarlo. Y el gran hombre nos deja.

Yo he pensado en ir a verlo. Pero ¿para qué? ¿Acaso él se ha ocupado de mí? Ni siquiera me dio su apellido. Sé que tengo otras hermanas, pero se niegan a conocerme. Al fin y al cabo, qué importa: mi padre es Iván Dolgorukov, a quien me entregó Natalia Petrovna hace ya quince años.

Sacha no quiere verme. Está encerrado en su habitación desde que supo la noticia de la muerte de Natalia Petrovna y llora mientras preparo el equipaje. A veces los acordes resuenan lúgubres y acompañan mi propia tristeza. Él ha perdido a su madre. Yo no la conocí.

Ha llorado mucho *papasha.* Dice que con esta muerte y con nuestra partida se queda solo en el mundo. Pero yo sé que no es verdad. Ahora vuelve a entregarse a la flagelomanía de los ingleses, y cada noche Olimpia lo ata a la cama y lo monta como si fuera una amazona demente. ¿Disfrutará? Quién sabe, ¡el amor es tan extraño! Castigar, ser castigado, ¿qué importa? Hoy me iré a París y él puede venir a verme cuando quiera. Olimpia... Olimpia ya pasará.

Una angustia vaga me sube desde el estómago para aposentárseme en la garganta: Natalia Petrovna, quisiera haberte conocido.

No soporto a nadie: todos están trágicos y debo hacerme cargo yo sola del viaje. No me interesa la política, y nunca iré a Moscú. *Papasha* me mira mientras organizo libros y ropas.

—La felicidad es una dura conquista —dice—, nunca creas que tu madre no fue feliz. Ella eligió su vida y eligió su muerte también. No llores por ella, Annushka, no le hubiera gustado. Y toma, pequeña, toma este anillo: entrégaselo de mi parte a Sacha cuando sea tu marido.

Y con un gesto teatral se quita el ópalo negro que siempre lleva puesto, y yo encierro en mi mano la piedra de reflejos ígneos, como si fuese el primer eslabón de la cadena que me atará definitivamente a Sacha.

Mi padre y yo hemos pasado en los últimos días muchas horas juntos, pero ya no disfruto como antes. Él está haciéndose viejo y yo soy mayor. Además, estoy enamorada.

—Annushka —me dice—, estoy escribiendo algo para ti. Pero solo lo leerás cuando muera.

—Padre, no sea trágico, todavía le queda mucho. Si no permite a Olimpia que termine con usted una de estas noches, claro. ¿Por qué no se busca una esposa más tranquila? Ya no tiene edad.

—Ay, pequeña, soy débil. ¿Cómo puedo negarme a complacerla? La pobre tiene demasiadas energías. Y tú, ¿me recordarás, hija mía? —Y vuelve a llorar.

Detesto a los hombres débiles.


Detesto a los hombres débiles. Esto fue lo último que escribí, lo único de aquella época que todavía me acompaña. Los hombres débiles. Fue entonces cuando debí comprender lo que habría de sucederme. Tuve una hija, Sacha me abandonó, y un día, una mañana en París supe de la muerte de *papasha*. Su albacea me entregó estos cuadernos que esconden la vida de Natalia Petrovna y el camafeo que un día regalé a Mimina. Ella también dejó la vida al dar a luz y el viejo Dimitri, antes de reemprender sus viajes, quiso que la joya permaneciera en mis manos. Hoy, por fin, conozco su historia.

Tal vez si los cuadernos escritos por *papasha* hubiesen llegado antes a mis manos no hubiera cometido el error de seguir a Sacha, abandonando una vida que me era grata. Pero él decidió que fuera a su muerte cuando yo me enterase de todo. Su albacea me ha hecho llegar los folios, escritos con su letra apretada. Paso mis dedos sobre los trazos y pienso que de nada sirve quejarse. ¿Quién puede escapar a su destino?

¡Ah, qué lentas pasan las horas en esta noche! Todo se ha detenido, y cierro este cuaderno que esconde también mis memorias. La vida: la vida fluyó entre mis dedos, como el agua en una clepsidra.

Han pasado treinta y cinco años. Tengo cincuenta y vivo en París.

SEGUNDA PARTE

# Los cuadernos de Iván Dolgorukov, en los que se cuenta la historia de Natalia Petrovna

*Escritos para ser leídos después de su muerte por Annushka Ivanovna Dolgorukov, su queridísima hija adoptiva. Redactados en Londres entre los años 1867 y 1883, siendo reina Victoria, y permaneciendo aún Rusia bajo la dictadura del zar.*

# I

# El viaje

*Man's love is of man's life a thing apart,*
*'Tis woman's whole existence.*

BYRON

Cuando Natalia Petrovna partió de Moscú no sospechaba que atrás quedaría, tal vez para siempre, la ciudad que la viera nacer. En una gélida mañana de 1845 una pequeña cohorte de amigos acompañó al matrimonio hasta Tver.

Dentro del carruaje, cubierta de pieles, Natalia rememoró el último beso de Piotr.

—Sus labios plenos —pensó, con las mejillas arreboladas, mientras, por debajo de la capa, se acercaba al calientapiés.

Blanco, el camino iba desenrollándose como una cinta de nieve a través de la ventanilla del carruaje. Los gritos del postillón, los cascabeles de los caballos, el cielo diáfano y azul despertaron en Natalia Petrovna un nuevo entusiasmo por vivir.

Como todo aquel que emprende un viaje cuyo fin desconoce pensaba en sí misma, en la vida que iba quedándose atrás. Aunque muy pocas cosas, a la hora de partir, podía añorar Natalia Petrovna. Ni el abandono de su padre, ni la muerte prematura de la madre, ni los muchos hermanos habían dejado huella profunda en su carácter apasionado. Tal vez solo la princesa María mereciera su nostalgia, pero tampoco en aquel palacio en donde fue recogida la bella huérfana lograron anudar los lazos del afecto.

La princesa María, como quien se cansa de un lindo minino, pronto había olvidado a su *protegée* para volver a reír tras su abanico, empolvarse distraída la nariz, o entregarse sin tregua al fornicio. Solo permanecían sus palabras:

—El amor es un episodio en la vida del hombre —solía decirle—, pero es la vida entera de una mujer. Ten cuidado, muchacha, no lo olvides. Con este precepto, lo que ves en el palacio y la dote que te daré cuando te cases, ya estás preparada para el futuro. Y ahora anda, vete, que espero a un amante.

Y girando sobre sí misma, la princesa María hizo volar el peinador de seda y exhibió su cuerpo, cubierto apenas por las medias y los zapatos.

—Vamos, vete, pequeña, vete —repitió—, que si tus ojos ven al *mujik* al que espero no tendré más remedio que entregarlo al *knut* y a Siberia y sería una pena, porque es un follador magnífico.

Después se sentó en un confidente y con un poco de carmín se maquilló un pezón, admirándolo complacida en el espejito de plata.

Mientras la miraba en silencio, Natalia continuó manejando la aguja en el bastidor, cada puntada era un nuevo lazo con el que bordaba lo que sería, en el futuro, su más fuerte convicción: aquella misma noche decidió su independencia. Tendida sobre su lecho, Natalia aprendió a masturbarse: eso había sido a los doce años.

—No podrán conmigo, no dependeré de los hombres —se dijo.

Dos años más tarde sería la esposa de Nikólai Vslelódovich.*

* F. Dostoievski, en su novela *Los demonios*, tomará prestado el nombre de Nikólai Vslelódovich para uno de sus personajes. Evidentemente el escritor ruso ignoraba la existencia de este manuscrito.

Ahora finos copos de nieve giraban en torno al carruaje mientras Natalia transpiraba, condensando el calor de la cabina en los cristales. Con un dedo escribió: «Piotr». Inmediatamente lo borró, y escondió su mano en el manguito.

Monótono la mecía el redoblar de los cascos. Su marido, borracho y sonriente, roncaba con el gorro calado hasta las cejas y la barbilla hundida en una manta de piel. Bajas y densas, las nubes.

Los labios de Piotr, las orejas rojas por el frío, el deseo: Piotr.

Era fácil que el marido la oyera, si levantaba faldas y enaguas. El crujir de las sedas, el viento de abanico de los pliegues despertaría al durmiente y Natalia Petrovna, que amaba a su marido de un modo peculiar, casi como una hija, no quería que la viera ahora en el coche, anhelando a su amante.

—Primero las piernas —se dijo—, debo extenderlas sobre el asiento. —Se quitó las botas forradas de piel de carnero y dejó al aire los pies envueltos en medias de algodón. Después rebuscó en su bolsillo: un pañuelo, tarjetas de visita, algún billete doblado. Lo encontró por fin: era un coqueto ólisbos* de cuero labrado y suave, último regalo de Piotr.

—Para que no me olvides —le había dicho él al oído, mientras lo deslizaba dentro del manguito, recorriéndole con su lengua el contorno de la oreja, ante la sonrisa comprensiva de Nikólai. Natalia se estremeció—. Me recordarás siempre. —Y ya en un murmullo—: Disfrútalo pensando en mí.

Un artefacto precioso, tan diferente de los que solían reposar luego de la batalla en el *boudoir* de su tía, un *boudoir* que había hecho tapizar de rojo y en cuyos tabiques había molduras de éba-

---

\* Consolador. En griego en el original.

no que enmarcaban grabados libertinos: bellos consoladores de cristal traídos de la lejana Venecia, gastados por el frenesí de mujeres que, desde el mismísimo Renacimiento, habían relajado con ellos su ánimo, coquetos masturbadores de terciopelo rosa, masturbadores japoneses de marfil que dibujaban con precisión turbadora venas y colinas, consoladores árabes de ébano, que ocultos en el harem calmaban a las mujeres... No, no, el que le regalara Piotr era el más hermoso.

En la semipenumbra del carruaje, lo pudo estudiar, y vio los nombres grabados, «Natalia-Piotr», las kores con sus peplos sosteniendo la enhiesta columna terminada en una orgullosa cabeza, el pequeño depósito capaz de despedir agua tibia.

—Fue de mi madre —terminó Piotr—, cuídalo bien.

Luego partió la carroza.

Natalia lo calentaba con el aliento, lo acariciaba y velozmente lo encerró entre sus piernas. Buscando precisión y coraje escuchó en silencio los cascos de los trotones, el látigo azotando sus ancas y la ventisca que aullaba como si, más allá de la protegida cabina, el mundo se sumergiera en el caos y la tristeza.

Teñido por los colores del crepúsculo el cielo le pareció perpetuamente volcado sobre su cabeza; tras los cristales, entre la nieve impasible, los árboles negros galopaban, guardando celosos su savia hasta la llegada del calor.

Caía la noche tumultuosa y la imagen de Piotr, precisa en la desolación de la estepa, se dibujaba en la ventanilla. Entre las nubes de tormenta, la luna llena se asoma un segundo, mira impasible a la mujer. Su cara redonda parece decir:

—¡Tonta enamorada!

Solo un poco más: ya azota la nieve los cristales mientras ella permanece oculta entre las pieles, como un suntuoso animal engalanado para el invierno.

Decidió tenderse boca abajo. En cuanto sus pechos rozaron el asiento, la excitación casi le hizo perder el control. Ya no veía a Piotr: podía sentirlo. Era capaz de imaginar cómo levantaba sus faldas, sus enaguas, cómo amasaba sus muslos, las caderas, la cintura liberada del corsé, cómo la mano buscaba lazos y botones, cintas, los calzones, el culo.

Piotr no era especialmente guapo, pero la leyenda que lo envolvía convertíalo en deseable. Todos murmuraban que la condesa D'Agoult había reemplazado al ardiente Liszt por él y esto, por sí solo, garantizaba su prestigio. Natalia, a su vez, había suplantado a la condesa en el corazón de Piotr. No era el consabido regusto por la reyerta femenina lo que lo convertía en un hombre deseable; una rara virtud acompañaba su masculinidad, su leyenda: Piotr nunca había intentado penetrarla.

Y no era temor, porque Natalia Petrovna bien hubiera podido simular, si lo deseaba, que el embarazo tenía por culpable al marido. Nikólai, complaciente y pagado de sí mismo, no hubiera dudado en cargar con el mochuelo, más si nacía varón.

Las manos de Natalia Petrovna se perdían ahora febriles entre las enaguas. Acostada boca abajo era mucho más fácil hurgar, recorrer el sendero entre los muslos entreabiertos, hundir por fin el instrumento en su estuche. Pronto encontró el camino; presionó un poco más y el cuerpo suave se deslizó, la pequeña boca hambrienta engulló el alimento, mamando, succionando, atrayendo el ólisbos con el nombre grabado de Piotr. Lo veía, vestido de uniforme, esperando que ella misma se desnudara. Y Natalia Petrovna lo hacía con la morosidad con la que se viste un pope para la misa. Caían sedas y lentos encajes, batistas, cintas, corchetes, cordones. Piotr solícito acudía si el telón no se alzaba, si pertinaz alguna prenda nublaba el espectáculo.

—No te quites las medias: quiero ver tu piel desnuda contra la ropa. Recógete el pelo, Natalia, levanta los brazos.

Entonces, cuando llegaba el claror, cuando relumbraba desnudo el cuerpo, cuando el pubis era una mariposa oscura detenida bajo el vientre, Natalia Petrovna subía la pierna derecha al asiento de una sillita traída para ella por Piotr desde París, el escarpín de seda se posaba apenas en el damasco y Natalia, mirando fijamente a Piotr, comenzaba a acariciarse.

¿Qué la excitaba más? ¿La mirada del hombre, su propio cuerpo casi desnudo o la tensión a la que la sometía Piotr, impidiéndole utilizar cualquier instrumento?

Los más increíbles artilugios habían promovido su placer desde que comenzara su vocación onanista en casa de la princesa, pero ahora solo las manos, solo los dedos, y ella miraba el respaldo suave y dorado de la silla, deseando restregarse contra él mientras Piotr le decía no tan deprisa, Natalia, quiero ver cómo te calientas, vamos, levanta el cuello, echa la cabeza hacia atrás y siente que soy yo quien lame tus pezones, mis dedos los que comprimen tus caderas y bajan lentamente entre tus piernas. Tú presientes la humedad y el deseo que pronto arrancará de ti un gemido bronco, decía Piotr acercándose a ella, levantándole la barbilla con la fusta, observándola como si fuese una yegua joven y entonces ella imaginaba que era la voz la que la penetraba, la hermosa voz de bajo la horadaba para subir luego por las cavidades del cuerpo, las arterias, los músculos, la sangre, hasta los oídos, y bajar restallante, como un latigazo, hacia el pubis.

Era formidable el deseo. Con la mano libre Natalia Petrovna acaricia los pechos casi infantiles, recorre su cuerpo sin perder el equilibrio, soportando con los ojos abiertos la mirada de Piotr, pero la mano se mueve sola hacia las caderas que avanzan buscando una presa.

Sintió removerse al marido y cerró los ojos, fingiendo dormir. Nikólai sonreía y bufaba entre sueños. Olía la cabina fuertemente a jerez, a esturión; ella vio las migas de pan negro en las barbas, en las solapas de la levita y fue entonces cuando la mano alcanzó por fin su objetivo. Sola había viajado hasta allí, pero ahora ya no podía moverse.

—Si por lo menos —pensó— fuera verano, rodaríamos sobre las piedras y el traqueteo del coche ayudaría al orgasmo. —No podía: los deslizantes patinaban en el hielo como sobre un espejo.

Piotr, Piotr, la mano otra vez con sigilo. ¡Ah!, se dijo Natalia Petrovna, ¡pronto!

No sabía si gritaba. Siempre le sucedía así, cuando se masturbaba frente a Piotr. Se mojaba los muslos, corría el dedo con frenesí hacia adentro, hacia afuera. La mano, la voz, Piotr, lo imaginaba desnudo, y él allí, con su uniforme del ejército del zar, su monóculo, sentado, apoyado en el bastón en cuya empuñadura se dibujaba una sirena de marfil que él acariciaba con ansia. Piotr, quiero verte desnudo.

Pero él era inclemente.

¿Qué sucedía en realidad? Al cerrar por fin los ojos imaginaba el cuerpo soberbio y decía ¡ahora, Piotr!

Pero, al abrirlos, él ya había partido.

# II

# Memorias de Moscú

El nombre de París iba estrechamente unido a
los más nobles entusiasmos de la humanidad.

HERZEN

Nikólai Vslelódovich despertó cuando estaban llegando a Riga.
Con el cuerpo dolorido luego de veinticuatro horas de ajetreo, vio
con envidia cómo su mujer, la bella Natalia Petrovna, dormía boca
abajo relajada, con las manos bajo las caderas. Sobre su manguito
la rubia cabeza se apoyaba y caían los rizos hasta el suelo, caraco-
leando entre las pieles tendidas a sus pies.

Le pareció que aún estaban en Moscú pero, mientras se sacu-
día las migas de pan de las solapas, la palabra «París» revoloteó
por su cerebro, posándose al fin.

Descorrió las cortinas y miró por la ventanilla: amanecía. La
nieve parecía colgar del cielo y creaba ese ambiente propio de la inmensa llanura blanca en donde los límites se disuelven y desaparece
todo sentimiento de responsabilidad.

Apartando las pieles se desperezó y llenó con su cuerpo la cabina.

¡París! Todo lo que se llamara París parecía proclamar libertad.
Estaba cansado de Rusia, de la atmósfera tensa creada por el zar
Nicolás I. Esto, unido a la permanente persecución política y a sus

problemas matrimoniales, había minado el férreo entusiasmo de Nikólai.

En parte culpaba a Natalia de su infelicidad, pero si hubiera sido capaz de observarse, Nikólai Vslelódovich no hubiera acusado a su mujer del abandono en el que lo tenía, pues él mismo había chafado entre sus manos la virginidad que Natalia le entregara con absoluto candor. Tampoco había sido estimulante para la joven el descubrimiento de que su marido la engañaba con una robusta sierva que meneaba las caderas cuando, de rodillas, metía el estropajo en la palangana de cobre para fregar los suelos de la cámara de la princesa. La afrenta de la que era objeto, sumada al carácter romántico de la muchacha, haríala sumido en una depresión de la que salía solo para irritarse con su marido.

Demasiado seguro de sí mismo, Nikólai Vslelódovich no recordaba la noche de bodas, la única en la que Natalia se doblegó a su entusiasmo. Ignoraba ella lo que habría de sucederle y él le había arrancado la camisa para abalanzarse sobre la atónita jovencita, violentando un cuerpo que lo recibía con estupor. ¡Cómo la deseaba cuando la conoció en casa de su prima!

Sí, la deseaba en casa de la princesa. Cuando Nikólai se cansaba de las visitas a los cuartos de las criadas, cuando los cuerpos rollizos recibían su último homenaje, él seducía como un colegial a Natalia quien, abandonada por su padre, descubría en aquel hombre ya mayor otra forma de la ternura.

—Es virgen, querido primo, virgen —le decía la princesa María—, virgen en todos sus orificios, incluso el oído.

—¿Virgen y en esta casa?

—Virgen e inexperta: un plato delicioso. Algo silvestre y arisca, es verdad, más amante del galope de los caballos que de las fiestas. Pero eso aumenta su atractivo; tiene cuerpo de valkiria y cara de ángel. Si no consigue pronto marido, tendré que mandarla a París para que le limen esos modales de campesina. Alguna vez la he espiado cuando sale en camisa del baño y es magnífica: una pequeña y hermosa salvaje. Deberías verla, Nikólai, parte de amanecida y desayuna solamente pan mojado en vino caliente con azúcar, clavo y canela. Huele la bebida y huele su piel joven que arde con el ansia de la carrera. Galopa como una posesa, montada como un varón, perseguida por sus lebreles en los senderos cubiertos de nieve. Si no fuera por su larga cabellera y la plumilla roja del sombrero que flota en el aire, se pensaría que es un muchacho. Viste pantalones y es capaz de atravesar todo el bosque sin detenerse, como un animal joven, salvaje y libre.

Nikólai, excitado por el relato de su prima, imaginó a la muchacha, su grupa rebotando sobre el lomo del animal, la melena rubia azotándole la espalda, y montó con nuevo ardor a la princesa. Bullía como un samovar.

—Yo misma la hubiera gustado si no fuera porque es mi protegida. Oh, Nikólai, *mon chou*, qué apasionado estás esta noche. Contente un poco, hombre, contente, cuánta fogosidad.

—¿Quieres que yo la inicie? —susurró él a su oído—. ¿Deseas acaso que dome a la amazona? —La princesa María, que llevaba hacia allí la conversación, sonrió ante su éxito.

—Sabes que no soy celosa... Claro, Nikólai, quién como tú, querido primo, claro que sí. Y ahora terminemos, que ya es tarde.

Mientras Nikólai se afanaba sobre la princesa, ella pensó que aquella no era una mala boda para su protegida, demasiado hermosa para compartir con ella —y bajo el mismo techo— el declinar de la edad: mejor casarla bien y sacársela de encima.

—Y el portento queda en la familia —pensó, retrayendo sus caderas para que Nikólai no la desfondara con su verga descomunal.

Tenía sueño, así que clavó sus uñas afiladas en la espalda del hombrón y en un minuto ardió la llama. Era medianoche y no le gustaba amanecer con ojeras; ya no tenía edad.

—Ahora verás —pensó la princesa sacudiendo las ancas con una pericia admirable—. Ahora verás cómo folla una princesa. —Y murmuró al oído de su primo:

—Ah, ah, *chéri*, cómo disfruto, más, más, ah, que me matas, ¡ahora, *chéri*! —Mientras se miraba las uñas pensando que mañana debería pedir a la doncella que le hiciera la manicura.

Después lo echó de su cama.

Nikólai disfrutó desflorando poco a poco a Natalia Petrovna. Primero la nuca.

Una noche, cuando ella estaba sentada al piano, se le acercó con la excusa de alcanzarle una luz y, al apoyar el candelabro sobre la superficie de madera, respiró apenas el agreste aroma de la muchacha, sin poder contenerse fue retirando los largos cabellos para dejar caer sus labios en la nuca. Natalia tembló.

—Una potranca lista para la doma —se dijo.

Por la noche soñó con ella, en el desayuno se apercibió del rubor de la muchacha. Entonces, acercando bajo la mesa su pie al de ella, vio que Natalia se demoraba dos segundos más de lo conveniente en retirarlo.

—Esto avanza —pensó. Luego, aprovechando los juegos en la nieve, el deslizarse del trineo, le dijo, junto al rumor del viento: te amo.

Roja y en silencio regresó Natalia al palacio, aunque tomada de su mano. Él aprovecharía el descenso de la carroza para abrazarla.

Antes de que se hubieran besado llegó el día de la boda. Natalia acababa de cumplir catorce años, Nikólai triplicaba su edad.

Emergiendo de sus recuerdos volvió Nikólai a su botella en la penumbra del carruaje y miró a su mujer.

—Mi jaca arisca; París te devolverá el deseo.

Pero otros pensamientos menos banales llenaban la cabeza de Nikólai. Se avergonzó de su sentimentalismo y con reverencia, como quien se apresta a entrar en Jerusalén, se preparó para entrar en Francia. Todo iría bien.

—Tú y tus tonterías políticas —le había dicho la princesa María al despedirlo, sobándole la entrepierna como si se tratase del moflete de un niño—. Y ahora, ¿adónde irás?

—A París —le había contestado sin pensar Nikólai, resolviendo de un golpe su destino—. Ya no se puede vivir en Rusia. Llegarán otros tiempos, cuando los campesinos...

—Los campesinos no han inventado en los últimos mil años otra cosa que el *shchi*.* Allá tú con tus ideas: eres rico y nada tienes que ganar. Por lo menos, cuida de Natalia. Le tengo cariño.

Y a Natalia:

—Hija, obedece a mi primo, o hazle creer que lo haces. Ya sabes cómo son los nobles rusos: más brutos que un *mujik*. Y que siempre sospeche que tienes un amante. Eso lo estimula muchísimo; es una criatura.

Luego la besó en los labios y con un ademán distraído dejó caer su mano plagada de sortijas sobre el seno de la muchacha. Natalia se sonrojó.

—Juega con él —susurró la princesa tras su abanico, acariciando sus bucles—, juega, engáñalo, hazlo sufrir. Pero nunca lo lleves a la desesperación: esa es la primera norma de todo matrimonio.

* Sopa de col.

Tres años de destierro en Vyatka no habían podido con el fervor revolucionario de Nikólai y ahora nuevamente lo amenazaba la cárcel. En realidad, debía al destierro su contacto con importantes ideólogos, y a su estancia de reposo en casa de la princesa su matrimonio con Natalia.

—Ah —pensó, frunciendo el entrecejo—, he arrastrado a mi mujer al exilio.

Pero este pensamiento no atravesó su piel. En realidad no se consideraba culpable, y se dijo que tampoco le haría daño a Natalia el aire refrescante de Europa occidental.

Sintió la tentación de acariciarla, pero se detuvo: Natalia sonreía en sueños.

Era mejor así, cuando dormida parecía un ángel. A un año de la boda Nikólai temía a su mujer, su naturaleza nerviosa, sus constantes arrebatos de mal humor. Solo los largos paseos galopando entre los helechos con furia y los encuentros con el petimetre de Piotr, hermano menor de la princesa, parecían calmarla. No se sentía Nikólai celoso, sino que confiaba en él para que le devolviera a su mujer convertida en una hembra, aunque el aspecto afeminado de Piotr poco prometía en este sentido.

De todas formas, París pondría entre ellos la distancia necesaria y un buen amante es algo indispensable para la educación de toda mujer.

Acariciándose la tripa volvió a beber un trago de jerez. Después eructó y se sintió más a gusto.

—Es culpa mía. No debí casarme con una niña. Natalia es caprichosa; sufre terriblemente y ella misma tiene la culpa.

Volvió a beber.

—Tal vez si tuviese un hijo... pero esa manía suya... ¡Castigo del diablo!

# III

# La maravilla

—¡Dios mío! —murmuré—. ¡Me matarás!

Vávara Softa,
*Memorias de una princesa rusa*

No sería justo suponer que Nikólai Vslelódovich era egoísta: amaba a su mujer, y con cierta prodigalidad de sentimientos, como demostraría luego, cuando a los ires y venires de Natalia por el mundo respondiera acogiéndola.

Un año de matrimonio lo había convencido al fin de que ella tenía razón al verlo como a un padre, y aceptó esta disposición de su afecto buscando a su vez mujeres menos hermosas pero más dispuestas.

Era, a pesar de su edad, un hombre atractivo. No de los que despiertan inmediatamente la admiración de las féminas, sino de aquellos que —a la hora de la verdad— comparecen tan bien munidos que, abandonado que fuera su lecho, cuesta a la mujer sentirse colmada por otro amante.

Esta enorme virtud no había convertido a Nikólai Vslelódovich, tal y como sucede habitualmente, en un hombre torpe. Creció rodeado de mujeres, ya desde los primeros baños se complacía su aya en verlo desnudo.

—Dios te guarde, pequeño Nikólai, y me dé a mí vida y salud para estrenarte.

Riendo a carcajadas, la criada lo cubría con sábanas blancas, alejaba al niño del vapor emanado por las piedras del baño y luego, quitándose el *sarafán* y la camisa, lo acercaba a sus tetas brillantes de sudor y le hundía entre ellas la carita hasta casi ahogarlo. El niño, en lugar de quejarse, pedía más.

Ya seco, junto a la estufa, todas las siervas de la casa se arremolinaban para admirarlo. Los ¡oh!, los ¡ah!, los ¡qué maravilla! proseguían a la observación de su bien dotado instrumento, y así Nikólai creció sano y cuidado, muy seguro de sí mismo.

Ni diez años tenía cuando su aya, temerosa de los declives de la edad, lo llevó con ella a la *isba*.

—Siéntate —le dijo—, comeremos golosinas. Mira lo que cocinaré para ti.

Mientras la saludable mujer amasaba con harina de trigo las finísimas hojuelas, Nikólai, aseado y formal, esperaba con un tazón de leche a que el aroma surgiera del horno y observaba una pequeña llama azul que ardía delante de un icono reflejándose débilmente en los marcos plateados.

Los arrullos de ternura de la mujer, los palomita, los luz de mi vida, se iban intercalando con las caricias que el niño recibía contento, acostumbrado al mimo de la cariñosa sierva.

Sacó las hojuelas del horno la mujer y las ofreció al niño en una gran fuente decorada con dibujos azules, untadas con mantequilla fresca, y cuando él comenzó a catarlas, se remangó el aya y, desnudándolo, lo acostó sobre la harina que aún nevaba la mesa. El muchacho, acostumbrado a los soboteos de la mujer, no se negó; ella, ungidas las manos con mantequilla, fue desparramándola con fruición sobre el cuerpo del niño y continuó amasando, sobándolo con la habilidad que desplegara antes con la masa. Luego dijo:

—Ya he cocinado para ti. Ahora quiero mi golosina.

La mujer se quitó el pañuelo de algodón que recogía su pelo, lo dejó caer, deshizo sus largas trenzas mientras lo miraba con apetito. Tibio y desnudo, Iván la miraba hacer, y seguían sus manos recorriendo la cabellera. Sintió en su pequeño corazón una oleada de ternura.

—Y qué te puedo dar yo, *mátushka* —preguntó—. Yo no sé cocinar: dime qué deseas.

Entonces la matrona, rojas las mejillas, sudorosa, se dedicó —tomando a Nikólai por las caderas— a sobarlo con un entusiasmo tal, con tal fruición, que el niño olvidó incluso las hojuelas que le llenaban la boca para quedarse relajado y quieto; los labios de la matrona, el pelo sedoso acariciándole los hombros, esos labios que sobrevolaban con suavidad su cuerpecillo hasta entonces insensible.

Qué hermoso era aquello.

—*Mátushka...* —susurraba el niño—, oh, *mátushka*.

Por los ventanucos de la *isba* Nikólai vio cómo perseguía la oscuridad a la luz, cómo se le escapaba el día.


Pronto pasó Nikólai de los ahogos entre las tetas a lamer pezones, de los besos en las mejillas a la investigación papilar, de la mesa de la cocina a la cama de la rubicunda sierva, quien introdujo un día con sus manos el portentoso pan en su horno, y lo desvirgó.

Aquellas fueron las mejores tardes de su infancia.

Así su debilidad por las siervas rusas era comprensible, y tal vez de aquellos escarceos tempranos nacería luego el ideal político que lo acompañó hasta la muerte.

En su fuero interno, Nikólai sospechaba la superioridad de las mujeres de pueblo. Él, al menos, la había catado.

—¡Nikólai, Nikólai! —le gritaban entre risas—. ¡Busca, Nikólai, tenemos algo para ti sobre la mesa de la cocina!

—¡Nikólai, entre el heno, que hemos terminado de segar!

—¡Ven, pequeño, que tengo el samovar hirviendo!

—¡Mira qué melones!

—¿Quieres que te bañemos, Nikólai?

Trabajaban las campesinas bajo el sol, cubiertas solo por la camisa, y cuando alzaban los brazos para saludarlo desde lejos, Nikólai imaginaba sus senos pesando bajo la tela rústica. Luego, las veía agacharse para seguir con el trabajo balanceando sus grupas.

—¡Palomitas!

No comprendían los maridos las risas de sus mujeres y así, pequeño como era, ninguna puerta se le cerraba, y no porque fuera el hijo del amo.

Pero esta desmesurada característica, tan valorada en la infancia, no le valdría con la jovencísima Natalia, quien hubiera necesitado de una más menguada estaca para abrir sus compuertas, y que vivió la noche de bodas como una violación.

También es verdad que Natalia Petrovna, si bien nunca disfrutó de lo que tenía entre manos, no vacilaría luego en hacer de madre de Sacha, el hijo con el que Nikólai Vslelódovich conviviría hasta el final de sus días. El muchacho, sensible y enfermizo, quedaría marcado para siempre por aquella mujer.

Pero no nos anticipemos a la historia.

# IV

# Y entonces la vio

¡Soy una hoja sacudida por ti!

SHELLEY

Al finalizar el invierno, luego de sesenta días de viaje, el matrimonio llegó por fin a París y descendió en Place Vendôme, para aposentarse en el Hôtel du Rhin.

Asomado al balcón, pudo Nikólai Vslelódovich contemplar la vasta extensión de la plaza, el obelisco erigido por Napoleón y, llenando sus pulmones del nuevo aire, exclamó:

—¡Por fin, la libertad!

Recomendó a su mujer que descansara, que pidiera un baño. Y salió a caminar.

¡Qué lejos estaba ahora la amada Rusia! Como un hombre que, enamorado de una jovenzuela, abandona a una esposa despótica, así pisó por vez primera las aceras de la gloriosa ciudad. ¡Ah, las batallas libradas en esas calles!

París, París, el solo nombre quería decir todo es posible. ¿Incluso el amor? Se sentía vital.

Entró en una barbería; luego fue al sastre y cuatro horas después de llegado ya lucía Nikólai una barba de línea moderna y había trocado su larga levita por una chaqueta a la moda. A la noche, del brazo de una Natalia vestida de gala, se dirigió al lujoso piso de la Rue Caumartin, donde habitaba el legendario Paul Annenkov.

Annenkov era un hombre particular: amaba intensamente a Rusia y a su pueblo, si bien entendía el amor señorialmente, como un aristócrata que mira todo con ojos de extranjero y lo valora como si fuera un occidental. Tenía la mirada soberbia de un camello.

No se podía ser ruso, llegar a París, y no rendir pleitesía a Annenkov. El hombre, que estaba unido a Nikólai por una larga amistad —no en vano habían compartido el mismo banco en la universidad—, era una visita obligada, casi tanto como la Bastilla o el Panteón.

En sus salones, donde se mezclaba el lujo ruso con la elegancia de París, se conocía a los pensadores más prominentes, a los más atrevidos revolucionarios, a las mujeres más emancipadas, a la par que se chismorreaba sobre los compatriotas.

Del brazo de su marido, Natalia, en apariencia majestuosa e indolente, subió peldaño a peldaño las escaleras que la acercaban al salón con el temblor de quien asciende al patíbulo. Cuando fueron anunciados, hizo un gesto imperceptible de huida. Nikólai la retuvo:

—Vamos, nos esperan —dijo, mientras se perdían en un túnel ahíto de bujías que lo llenaban todo de una niebla dorada.

Cuando Natalia penetró en el salón vio que estaba repleto: hombres de levita, obreros revolucionarios, mujeres elegantes que fumaban y discutían mirándose los unos a los otros. Aquello era peor que las recepciones de la princesa en Moscú.

Natalia llevaba suelta la cabellera que le llegaba casi hasta los pies y solo un ramo de violetas en su sien derecha. A su alrededor el frufrú del vestido blanco abría un silencio admirado, no solo por lo lujoso de su indumentaria, sino también por la belleza insólita de la rusa: retrocedían los convidados al vaivén de su miriñaque. El marido, en lugar de apiadarse de ella, sonreía a diestra y siniestra, consciente de la envidia que despertaba, exhibiéndola como si fuese un trofeo.

Ajena a la admiración removida a su paso, Natalia mantenía los ojos bajos y solo los levantó cuando Annenkov, tendiéndole la mano, la separó de Nikólai para presentarle a un hombre alto y fuerte, de sienes plateadas, vestido con una americana que tampoco se correspondía con la ocasión. Parecía torpe, salvaje, pero evidentemente no era un hombre vulgar.

—Natalia —dijo, mientras le besaba la mano—, este es nuestro amigo Karl Marx, un periodista con mucho futuro. Lamentablemente tiene que dejarnos temprano, ya que mañana parte hacia Bruselas: en todas partes lo persiguen.

Levantó los ojos ella y sintió súbitamente la vibración de la personalidad de aquel hombre. Se le aflojaron las piernas.

—Madame —dijo Marx, inclinándose apenas.

Tomó la finísima mano que acababa de dejar libre Annenkov y cuando iba a inclinarse para besarla se detuvo, mirándola fijamente. Después pareció vacilar y, finalmente, enrojeció. Balbuciendo en alemán, dejó la mano flotando en el aire para alejarse a toda prisa. Natalia, atónita por la descortesía, permaneció en medio del salón rodeada solamente por la espuma blanca de tul que expandía el miriñaque.

Años después ambos recordarían el extraño incidente.

Ahora Nikólai estaba lejos y ella, incapaz de moverse, comenzó a jugar con su pelo, con su abanico, sin levantar la vista. Era tan joven, tan hermosa, que nadie se le acercaba, pero Natalia estaba lejos de suponer que era la admiración lo que impedía a los invitados socorrerla y sufría la recia tortura de los tímidos.

Tintineaban las copas entre murmullos en ruso, alemán o francés, tintineaban y se hizo un silencio sagrado cuando del enorme piano de cola emergieron los acordes vigorosos de *La Marsellesa*. Vibrantes, las notas subían hasta los abalorios de las arañas, flotaban más livianas que los espíritus para caer luego, encendidas como la lava de un volcán, tejiendo eslabones de una cadena de brasas que unía a todos los presentes.

De pie, con la copa de champán en la mano, Annenkov gritó:

—¡Libertad para Rusia!

—¡Libertad para todos los pueblos!

¿Libertad? Ajena al bullicio, en medio de los abrazos enfebrecidos, Natalia solo pensaba en sí misma. Temblaba imaginando que pudieran tocarla, saludarla siquiera, odiaba a la princesa María por no háberle dado una educación conveniente. Había leído, claro está, pero siempre a hurtadillas y novelas, y ahora todos vibraban por algo que no comprendía. ¿Por qué su marido no le había explicado nada? ¿Qué estaban haciendo en París? La sublevación de los siervos, los gobiernos absolutistas, el lugar donde comenzaría por fin la revolución: voces entusiastas se elevaban junto a ella. Pero nadie le hablaba, como tampoco le había hablado Marx.

—Natalia, ven, que quieren conocerte —estaba diciendo Nikólai.

Ella tembló.

—No estoy al nivel de este mundo —se repetía, mientras se dejaba arrastrar por su marido—. Nunca más saldré del hotel, dejaré que Nikólai ame a otras mujeres, volveré mañana mismo a mi país.

Y llegó a desear que el largo viaje no hubiera terminado.

—Natalia, este es el conde Zosimov, y su sobrina Lizaveta. Natalia. ¿Me escuchas, querida?... El conde Zosimov y su sobrina. Viven desde hace dos años en París, y vienen de Petersburgo.

Trémula, Natalia levantó los ojos.

Y entonces la vio.

# V

## París, por la mañana

Pero no te pasees completamente desnuda.

FEYDEAU

Natalia había abandonado la casa de Annenkov con Lizaveta, como le había propuesto su marido. Llegadas al carruaje, un hombre, que parecía mulato, había abierto la portezuela y desplegado rápidamente el estribo para permitirles subir.

En la oscuridad absoluta de la cabina, sin comprender realmente lo que estaba pasando, y sin medir las consecuencias, se había dejado besar por Lizaveta mientras el cupé se metía a todo galope por la Rue Saint-Lazare y entraba en uno de los palacetes más hermosos del barrio.

Ahora, a la luz del alba, mientras se deja ganar por la molicie, rememora lo sucedido. ¿Fue una sorpresa? De algún modo, lo esperaba. En el búcaro duermen las violetas que llevaba recogidas en el pelo: lo último que le quitó Lizaveta antes de hacerle el amor.

—¿Qué dirá Nikólai? Mejor será ocultarlo todo —pensó—. Sería capaz de matarme.

Se sentó en la cama y vio que estaba desnuda. Aquella habitación era tan lujosa que intimidaba a Natalia, a pesar de que en Moscú fuera para ella cotidiano el esplendor.

En el centro del gabinete semicircular había un diván turco, un colchón colocado en el suelo, ancho como una cama, de cachemir blanco. Entre las cortinas del dosel emergió Natalia, pisando la suavísima alfombra que parecía un chal del Oriente tejido por manos de esclavas: todo respiraba voluptuosidad. Instintivamente quiso cubrirse, asombrada ante el boato que no había percibido durante la noche, pero se contuvo.

—No —se dijo—, no debo sentirme culpable. No debo pertenecer a un hombre solo porque lo haya amado alguna vez.

Algo insegura dio unos pasos, dejando atrás los numerosos almohadones que durante la noche habían acogido el cuerpo de las amantes y vio las paredes tapizadas de rojo sobre las que se habían colgado muselinas de la India.

Seis apliques de plata sobredorada con dos bujías cada uno colgaban de la pared para iluminar el diván y del techo pendía una araña de cristal. Se acarició el pecho y luego el vientre y miró sus pies descalzos sobre la alfombra; nunca antes había estado totalmente desnuda. Bruscamente deseó a Lizaveta, tanto era el placer que había arrancado a su cuerpo durante la noche. Había entregado su cuerpo a una mujer.

¿Qué sintió cuando vio a Lizaveta en casa de Annenkov?

Ella iba vestida de hombre, pero eso no le llamó la atención, pues le habían dicho que era moda en París entre las intelectuales, y además, había tanta gente extraña en el salón... Fueron sus ojos, y luego sus caderas. Mientras el conde Zosimov y su marido se alejaban un poco para recomenzar otra de sus interminables diatribas contra el zar, Lizaveta la había tomado de la mano llevándola hacia un canapé, salvándola del acecho de las miradas. Sin hablar le quitó el pelo de la frente, de los hombros que llevaba desnudos, y le tocó el pecho: apenas la rozó.

—Eres hermosa —dijo—, increíblemente hermosa. Ven.

Hacía fresco en el balcón desierto. El rojo del damasco cubría la ventana cuando Lizaveta la besó. Ella permaneció al principio rígida como una estatua, pero luego revibró su cuerpo dormido: se sentía subyugada por aquella mujer que la cortejaba como un hombre.

—Déjame. Pueden vernos.

—¿Tienes miedo?

Buscando entre sus sentimientos, Natalia percibió que esta vez el deseo no estaba acompañado por el temor.

—No. Pero creo que no estoy preparada para esto.

—¿Prefieres que me vaya?

—No.

Ahora Natalia miraba su cuerpo desnudo en la luna del armario. Nunca había visto un espejo tan grande en una habitación, y nunca se había visto así. Incluso cuando se bañaba en camisa debía difuminar con polvos su cuerpo en el agua. Sí, era hermosa, como tantas veces le había dicho Piotr en Moscú.

—Soy hermosa —se repitió ahora, acercándose al frío del cristal. Estaba desnuda en la mañana. Desnuda.

A sus espaldas, se acercó Lizaveta. Vestía un traje de mañana y el contorno de sus hombros y de sus brazos se dibujaba perfectamente bajo la tela; los cabellos oscuros, peinados con cierto descuido, caían sobre su cuello. Era una mujer alta, de sorprendentes ojos negros, con labios finos en los que asomaba cierta dureza. No tendría más de veinte años, pero daba la impresión de haber vivido muchos más. Al verla, al observar sus cejas resueltas, podía sentirse tanto deseo como miedo. En todo caso, y pese a las contradictorias emociones que despertaba, era de una belleza particular. Natalia se alejó de la luna y de su imagen, levantó la cabeza de su amiga y la besó, para bajar luego hacia los hombros.

—¿Te arrepientes?

—¿Cómo dices eso? Anoche entre tus brazos conocí el placer.

Y Natalia enrojeció al recordar cómo su amiga la había colocado muellemente sobre los cojines para libar en su pecho, para rebuscar haciéndola gritar de gozo. Ah, sus labios contra la madeja del pubis, arremetiendo. Luego ella —la tímida Natalia— se había lanzado contra Lizaveta para librar la más febril de las batallas, desbordada de placer, con una sola preocupación: disfrutar hasta la muerte. Mientras la doncella ayudaba a Natalia a vestirse, Lizaveta se acercó a su amante, se quitó un camafeo que pendía de su cuello y se lo colocó a Natalia.

—¿Qué haces?

—Quiero que recuerdes esta noche. Es una joya sin demasiado valor, pero no me la he quitado desde que dejé Petersburgo. Mira, tiene cincelado un niño montando un delfín. Es copia de una pintura cretense, por la que mi padre sentía gran admiración: mi padre era un bruto, pero tenía sensibilidad para el arte. Él me la dio, y yo quisiera que tú la llevases siempre.

—Pero mi marido... No, no puedo dejar que la vea.

Entonces Lizaveta cogió el camafeo y lo metió dentro de una bolsita de terciopelo. Acercándose al enorme jarrón que había sobre la chimenea, cortó una flor de lavanda y, separando la simiente de su tallo, la colocó junto con la joya. Finalmente, lo encerró todo en un delicado pastillero de esmalte.

—No lo encontrará jamás. Y tú me recordarás, recordarás esta noche... Así como la joya yace escondida con la simiente, así será nuestro amor. Dime, ¿volverás?

—Oh, debo partir, déjame. Déjame, o ya no podré irme. Se hace tarde y debo llegar a casa antes de que mi marido termine de almorzar. No quiero que me vea.

—Está bien, diré a mi criado que te acompañe. Pero por favor, Natalia... Regresa pronto. Y ahora termina de vestirte o acabarás conmigo. Sé que todo volverá a empezar, si te paseas desnuda.

# VI

# Una confesión curiosa

¿Italia? Provoca muchas decepciones.

GUSTAVE FLAUBERT

En 1847 Nikólai Vslelódovich estaba hastiado de París. La ciudad que le pareciera la meca de sus sueños se le antojaba ahora un espejismo, el reino de los tenderos triunfantes. Después de la aristocracia de la sangre, ahora le llegaba el turno a la aristocracia del dinero. Era algo así como el califato de los mostradores, la tiranía de un comercio de ideas cada vez más estrechas.

Así pues, nada le impedía continuar con el viaje, ya que la mitad de su fortuna estaba ahora en manos de los banqueros franceses, y se haría con la otra mitad por intermedio de su amigo James Rothschild. Compraría también bonos americanos, o posesiones en París, y con ellos pensaba asegurar el porvenir de Natalia, quien sin duda, a causa de su edad, no lo precedería en la muerte. Tampoco la dote de su mujer permanecía en Rusia y así, tranquilo, Nikólai Vslelódovich decidió viajar a Roma.

Natalia Petrovna, desde aquella fiesta en casa de Annenkov, se había convertido en una mujer encantadora. Ya no era la tímida muchacha de aquel entonces, sino que, a los dieciséis años, su cuerpo se redondeaba con los claros indicios de la plenitud. No tenía amantes —al menos conocidos— y el peligro había pasado cuando Marx, por quien Natalia demostrara algún interés, partió hacia Bruselas. Después de aquel brevísimo encandilamiento, nunca había visto el marido en su mujer el menor signo de tentación.

Es verdad que él había resignado su intimidad, que había aceptado no compartir su cama, pero también ella aceptaba sus aventuras, de modo que iba tejiéndose entre los dos una suerte de camaradería que alentaba incluso las confidencias.

Todo parecía en calma.

Ahora, mientras viajaban, Nikólai observó a la mujer dormida y pensó que estaba hermosa, mucho más que cuando llegaron desde Moscú. Miró sus botines amarillos, el cuero fino y ceñido, la fila de botones negros que subía hasta el nacimiento de la pantorrilla, y deseó desabrocharlos uno a uno, acariciando el alto empeine a través de la media. El cuero se elevaba y nacía el tobillo cubierto, y luego la malla negra que se hundía en la infinidad espumosa de la enagua para morir mar adentro, atrapada en la liga. Allí el negro haría restallar al blanco, y sería la frontera de la desnudez como un latigazo de deseo. Pero Nikólai no podía recordar cómo eran las piernas de su mujer: nunca las había visto. Emergiendo del encaje de las enaguas, el zapatito despertaba sus instintos. Natalia era ahora una mujer desenvuelta, y sus maneras mundanas seducían a Nikólai.

Llevaba recogido el pelo en dos trenzas apretadísimas ocultas bajo el tul del sombrerito de paja, un tul que cubría también su cara y formaba una corona en torno a la bonita cabeza. Las largas sesiones con el *coiffeur* a las que se veía sometida por las mañanas le dejaban a él tiempo suficiente para investigar bajo las enaguas de París, y daban a su mujer un aire más maduro que hacía que no los confundieran tan a menudo con un padre acompañado por su hija.

No llevaba corsé ni miriñaque y se había quitado también, a causa del calor, el guardapolvo. El vestido de muselina, desabrochado, dejaba adivinar dos senos maduros, que parecían modelados por un vehemente placer; reposaba la pequeña mano enguantada sobre la falda de la mujer dormida.

Nikólai conocía pechos similares, había contribuido vigorosamente a su formación y ahora se asombraba al verlos en su esposa.

—Está hecha para el amor —pensó—. Es curioso cómo la naturaleza distribuye sus dones. Otras menos hermosas sufrirán verdaderas angustias para conseguir un hombre: ella los rechaza.

Asomado a la ventanilla del coche, Nikólai vio brillar las grupas de los caballos, redondas y fuertes. Las riendas chasqueaban sobre las crines y, de tanto en tanto, el látigo rompía desde el pescante el monótono redoblar de los cascos. En el portaequipajes se abultaban innumerables bolsos repletos de provisiones, dulces, perfumes, juegos, libros, mapas.

—Qué hermosa es la vida —bostezó, hundiéndose entre las almohadas.


Niza, Génova, Livorno, Pisa...

Era el sol un reclamo, el mar, el calor. La pareja de moscovitas se sentía deslumbrada por el clima del Mediterráneo.

—Me gustaría vivir en Niza —había dicho Natalia, mientras paseaban tomados del brazo bajo las palmeras del paseo marítimo.

—Me gustaría montarte al fin —había pensado Nikólai. Porque ella no podía ser feliz así, claro que no, ninguna mujer es feliz sin un hombre.

—Merezco un premio a mi larga paciencia —se decía ahora, adormecido por el galope de los caballos.

En aquellos días, lleno de esperanza, Nikólai prescindió de palpar las ancas de las camareras de los hoteles, de la doma en el burdel, del coqueteo entre catalejos y abanicos en la Ópera. Solo una tarde engañó a Natalia, y esa tarde no la olvidaría jamás.

No bien llegaron al hotel, Natalia, aquejada por un fuerte dolor de cabeza, le rogó que se retirase. Él lo juzgó prudente, ya que cuando se ponía irritable caía en ataques de furia agotadores.

—Un temperamento auténticamente ruso —se dijo, mientras paseaba al borde del mar. Se sentía orgulloso incluso del mal genio de su mujer, que casi lo había echado de la habitación mientras caminaba por ella como una fiera enjaulada.

—Déjame tranquila. Vete de aquí.

—Lo que tú digas, palomita, lo que tú digas. Vendré por la noche: espérame.

Se frotaba las manos. Natalia cedería, tenía que ceder, él estaba ahora en un estado de permanente excitación que se acrecentaba sin duda por el clima, por el mar de azul destellante. Allá, entre las rocas, se desnudó para nadar.

En pocas brazadas ya estaba alejándose de la orilla y sentía cómo el agua le acariciaba el cuerpo. Flotaba por el vigor de la sal, dejaba ir el pensamiento tras las gaviotas, mientras un placer intenso le revolvía la sangre devolviéndolo inocente, feliz. ¡Cómo deseaba a su mujer!

—Natalia, mi Natalia —suspiraba, confundiendo con las olas el bullicio de los encajes que asomaran bajo el vestido de muselina, el zapatito que sin duda cabía en su mano.

Al acercarse a la orilla vio que una rubicunda campesina se había sentado en la playa y reía con las faldas alzadas. Estaba descalza y se la percibía desnuda bajo su vestido añil.

Fue como una aparición.

Nikólai no osaba salir del agua, aunque la actitud de la muchacha era abiertamente invitadora: la campesina le tendía la mano, mientras devoraba golosa un trozo de pan con aceite que untaba sus labios haciéndolos brillar rojos bajo el sol.

—*Fai all'amore con me, e poi mi regali dei soldi* —le gritaba—. *Guarda le mie gambe, come sono belle* —decía, levantándose aún más la falda.

Era bruñida y morena.

La hambruna de aquellos días de revuelta llevaba a las muchachas campesinas a acercarse a los lugares de turismo en busca de dinero y Nikólai, poco atento a estas minucias, solo pensó que estaba viendo una sirena.

Bella, bellísima, con el sabor de la sal azuzando sus labios, bella, como solo puede serlo una campesina entregada al amor. ¡Ah, las campesinas, qué recuerdos, cómo le gustaban!

Nadó hasta la orilla. La muchacha, con las manos en la cintura, bamboleaba sus caderas, como si se adelantaran al reclamo del hombre.

—Qué manjar.

Cuando salió del agua, ella dejó su danza y, llevándose las manos a la cabeza, exclamó:

—*Dio, che magnifico arnese.*

Admirose la muchacha y Nikólai sonrió con modestia, pues estaba acostumbrado a tales homenajes. Caminó desnudo sobre la arena con la altiva proa señalando el puerto. Ella se quitó la camisa y sus pechos pesaron como dos melones bajo el apremio del sol.

Zumbaba la brisa.

Nikólai, como ya hemos dicho, adoraba a las campesinas, y ahora, excitado como estaba, la imaginó desnuda. ¡Oh, si Natalia le permitiera tocarla...!

No, no la deseaba desnuda. Quería rehurgar bajo las faldas entre sus risas, tocar sus piernas, la tela áspera, dejarse llevar por su olor. Qué placer frotarse contra su regazo, asirse a las nalgas como a una boya, anclarse en ella, fondear.

La muchacha reía cuando lo invitó a acostarse sobre la arena. Mientras le acariciaba el pecho, él la cogió por la cintura gimiendo:

—*Mátushka*.

Revolotearon las faldas. Nikólai, fuera de sí, clavó el espolón, que revivió, y el pez ya estaba en el agua. Entonces ella, con las rodillas en la arena, se quedó quieta un momento, y luego acercó sus labios a los de Nikólai que, navegando en un mar de placeres, amenazaba con inundar la playa. Haciendo un esfuerzo para contenerse, él la tomó por las caderas y rodaron poniendo en peligro el mástil que los unía y que por un momento pareció abandonar la barca. Luego, aplastándola contra la arena se removió con un impulso bestial. Ella se dejó hacer, considerando lo temible del abordaje, pero cuando Nikólai bramaba fuera de sí, lo empujó desenganchando el arpón y lo obligó de nuevo a girar. Entonces, como una diosa omnipotente impuso sus manos sobre el pecho del coloso sin permitirle hundirse, jugando con el anzuelo de tal forma que el enorme pez ardía en deseos de caer en las redes hasta que, levantando la cara hacia el sol, dio tales embestidas, embraveciose tanto la mar que mientras él la miraba —y parecíale, así descubierta, un bruñido mascarón de proa— la barca hacía agua, rompían las olas contra la escollera, se desbordaba la mar, y él solo atinaba a musitar, en el vórtice del torbellino:

—*Mátushka...*

Luego arrió las velas.

Antes de partir, con esa oscura sensación de culpa que tienen los hombres después de haber conseguido a una mujer, se arran-

có una medalla de oro que colgaba de su pecho para regalársela
a la muchacha. En el anverso llevaba grabado su nombre.

—Si me deseas, búscame —le dijo—. Estaré en Roma un
año. —Y le indicó la dirección de su hotel.

Ella mordió la medalla, y al ver que el metal era bueno, la besó
antes de metérsela en la boca. Como un sol diminuto brillaba el
oro entre sus dientes.


Nikólai regresó al hotel cansado y feliz. Entró en las habitaciones
de Natalia y, sin pensar lo que hacía, se tiró sobre la cama mientras su mano distraída caía sobre la grupa de su mujer.

—Déjame —lo rechazó Natalia.

Nikólai se acercó a la ventana y, mientras pensaba cómo lo
deprimían los rencores de Natalia, recordó a la muchacha.

Todo el país se agitaba en movimientos populares y ella se
empecinaba en rechazarlo: aquello no podía seguir así.

Días antes, entre la luz reflejada por los muros color ámbar
de tantas iglesias romanas en Via del Corso, los había deslum-
brado una enorme manifestación. Ahora, mientras caminaba
iracundo, lo perseguía el sentimiento de la noche en que llegaron
a París: todo cambiaba, menos Natalia.

—Me desdeñas —le dijo—, pero no tienes razón.

—No te desdeño, y tú bien lo sabes: te temo. Eres un salvaje.
Prefiero que me entreguen al *knut* antes de que me toques un solo
pelo.

Parecía al borde de la histeria, y Nikólai había sido tan feliz
unas horas antes que le hizo daño el contraste: deseó herirla, hacerle pagar que le hubiera estropeado la tarde.

—Eres fría como un témpano. No eres una mujer.

—Calla, Nikólai, no me provoques, o me obligarás a lastimarte.

—Incapaz de hacer gozar a nadie. Eres solo una pobre mujer encerrada en sí misma. La última prostituta de París inspira más deseo que tú.

—¡Mentira! Tú qué sabes, tú qué puedes saber.

—Fría de alma y de cuerpo. Tan bella como una estatua. Pero ¿de qué te sirve? Eres helada y cruel. Nada has aprendido en Moscú, en casa de tu tía la princesa.

Natalia, retorciéndose las manos, comenzó a llorar. Él le parecía despiadado, y los días de viaje la habían llenado de tensión. Le dolía terriblemente la cabeza. Sin pensar lo que decía, exclamó:

—Estás ciego, Nikólai Vslelódovich, ciego como un topo. No ves ni lo que pasa ante tu nariz.

Gimiendo comenzó a arañarse el rostro, mientras su marido intentaba inútilmente calmarla.

—Ciego y tonto —gritó—. No me toques; nunca dejaré que me toques, ni tú, ni ningún otro hombre. Sois todos unos brutos. Y yo no soy fría: te quedarías mudo de asombro si fueras capaz de oír cómo gimo, cómo grito, cómo disfruto. A mi lado todas tus putas parisinas son unas colegialas. Vete con ellas y déjame, será mejor así.

De pronto, él tuvo miedo. Estaba loco de celos, deseaba saber y no lo deseaba, todo a la vez. Pero era preferible que hablara o no podría seguir viviendo.

—Dime Natalia, qué has hecho. Dímelo ahora mismo o te hago encerrar por loca.

Ella, sin oírlo, sollozando, lo enfrentó con tal expresión de ira que él retrocedió. Ahora, arrepentido de sus amenazas, quiso que callara.

—Basta, Natalia, dejemos esta discusión. Si seguimos así, diremos algo de lo que tendremos que arrepentirnos: dejémoslo ya.

—No callaré, y óyeme Nikólai Vslelódovich, óyeme bien: estás tan enamorado de ti mismo que no ves ni lo que pasa bajo tus propias barbas. Eres una máquina de follar, un Príapo, un portento, pero no me vales para nada, no me haces falta, Nikólai. Tú, con toda tu soberbia, solo has sabido provocar mi miedo. Te odio, Nikólai. Cuando me entregaron a ti yo era una niña, y por tu torpeza has estado a punto de destrozar en mí el amor. Pero pierde cuidado, he sido fuerte, he sabido recuperarme. Tendrías que ver cómo me estremezco bajo otros abrazos, y tal vez así aprenderías lo que es la posesión. No me provoques, Nikólai, porque te obligaré a presenciarlo.

—¡Natalia! No sigas, te vas a arrepentir.

—No soy una sierva como las que forzabas en casa de la princesa. No soy tu esclava, y tampoco soy fría. Sábelo, pobre ingenuo, sábelo bien: yo, la bellísima estatua de la que tú no supiste arrancar ni un segundo de deseo, yo, la gélida Natalia Petrovna, estoy loca por una mujer. Y todo París lo sabe menos tú.

Ciego de ira, Nikólai avanzó hacia ella.

# VII

## Las sáficas

Existen en el mundo femenino pequeñas poblaciones que viven a lo oriental y pueden conservar su belleza; pero esas mujeres se ven raramente por las calles, permanecen ocultas como plantas exóticas que no abren sus pétalos y constituyen excepciones extraordinarias.

BALZAC

Lo que constituye adulterio no son las horas que la mujer dedica a su amante, sino la noche que luego pasa en brazos de su marido.

GEORGE SAND

Entre la noche en la que Natalia conoció a Lizaveta y aquella en la que confesó en Roma a su marido su pasión había transcurrido un año.

Volvamos la historia unas páginas atrás y regresemos a París, al punto en el que Natalia abandonara por primera vez los brazos de su amante.

Muerta de hambre y de felicidad, llegó a su casa a tiempo para cambiarse el vestido de noche y, cubierta con un *peignoir*, bajó corriendo al comedor, justo en el momento en que Nikólai estaba almorzando. Se sentó a la mesa y, ante el asombro del marido, que no estaba acostumbrado a verla beber, se sirvió una copa de burdeos.

—¿Has dormido bien? —le preguntó Nikólai con desconfianza, temiendo alguna respuesta brusca—. Espero que no te molestaras anoche, cuando no te acompañé a casa. Era importante hablar con Annenkov, pensamos crear un periódico que enviaremos a Rusia de forma clandestina. ¿Te acompañó la sobrina del conde en su carruaje, como prometió? ¿Fue amable contigo? Por cierto, una mujer con una gran personalidad, Lizaveta. Su marido, el príncipe Grachevsky, ha tenido que dejarla sola, porque ha regresado a Petersburgo como correo de los rusos en el exilio y ella...

Natalia ya no lo escuchaba. Muy nerviosa, se sirvió un trocito de perdigón frío, que luego dejó en el plato casi sin tocar. Volvió a beber. ¿Por qué Lizaveta no le había dicho que estaba casada? Ahora comprendía la lujosa habitación, la desmesura de la cama y bajó los ojos para que Nikólai no adivinara en ellos los celos que la poseían, como horas antes la hubiera poseído el deseo. Tenía que volverla a ver. Inmediatamente. O mejor: no quería verla nunca más.

—Perdona, Nikólai, tengo una jaqueca tremenda. Que no se me moleste hoy.

Ya en la habitación, Natalia comenzó a sollozar. El aire parecía asfixiarla, el aroma de las flores colocadas en un inmenso jarrón por orden de su marido no hacía otra cosa que aumentar su agobio. Oscilaba el humo de la chimenea y a Natalia le parecía que, con las finas lenguas que ascendían de la lumbre, escapaba su felicidad.

¡Cómo la amaba! ¿Por qué era tan injusta la vida, que le quitaba lo que le había entregado horas antes? ¡Casada! En esa cama donde juntas se acariciaran, Lizaveta recibiría también el homenaje del esposo. ¡Y casada con un héroe! Aquello era más de lo que podía soportar.

Llamó a la doncella, tras refrescarse en el *boudoir*, le pidió que le trajera inmediatamente los útiles para escribir.

Sentada ante su escritorio, con la pluma en la mano, hirió el papel con violencia:

Lizaveta:

¿Por qué has jugado conmigo? Mi pobre alma no conocía el amor y se entregó a ti sin dobleces. Aún queda sobre mi piel el aroma de tu cuerpo cuando te escribo, y la tinta parece sangre que destila mi corazón: caen lágrimas sobre el papel. ¿Por qué has mentido? Hoy supe que estás casada, que en la misma cama... ¡Oh, Dios mío! ¡No quiero imaginarlo! La angustia me oprime el pecho.

Pero tengo algo que agradecerte: ahora sé que no estoy muerta.

Mi alma será lo bastante fuerte como para olvidar. Si vuelves a cruzarte en mi camino, te miraré como a una amiga a la que se debe acaso un gran favor.

Pero ¿qué haré con este fuego?

NATALIA

Y, mientras echaba polvos secantes sobre la misiva, tiró con violencia del cordón de la campanilla.

—A casa de la princesa Grachevska, inmediatamente —dijo al criado—. Y no espere respuesta.

Horas después regresaba el criado con un sobre que, en silencio reverente, puso en manos de Natalia:

—La señora ha insistido tanto —dijo. Y se retiró. La esquela decía así:

El fuego que todo lo purifica malea también los metales más duros: permite que ablande tu corazón, y no me juzgues sin permitirme defensa. Esta noche, a las ocho, en mi casa. Dile a tu marido que recibo hoy.

Tuya,

LIZAVETA

Eso había sido tres meses atrás. Ahora caminaban juntas, cogidas del brazo, por la noche de París: iban vestidas de hombre.

¿Es necesario entrar en detalles? Todas las mañanas las dos mujeres se encontraban mientras Nikólai pensaba que su esposa estaba en manos del *coiffeur* y, por las noches, si él estaba de viaje, escogían el atuendo viril para pasear por las calles. Porque imposible hubiera sido para dos mujeres salir solas.

Todo París sabía que eran sáficas, pero nadie se escandalizaba; es verdad que pocas cosas escandalizaban entonces a París. Así vestidas, visitaban bares sobre cuyos escenarios se abrazaban muchachas para incitar a los hombres, antros en donde estaba vedada la entrada a las mujeres y terminaron siendo aceptadas por todos los grupos de excéntricos de la ciudad.

Eran hermosas y nadie replicaba cuando, quitándose la capa, Natalia dejaba al aire su larga cabellera en medio de un café. Lizaveta la protegía y, cuando la madrugada enrojecía las aceras, regresaban al lugar donde se entregaban a una pasión devoradora, a la enorme cama oriental en la que, ansiosas como dos perras, munidas de bellísimos ólisbos, luchaban cuerpo a cuerpo por roer el mismo hueso.

—Natalia, deja que te mire desnuda, ven, eres tan bella. Pronto regresará mi marido y hablaré con él. No te preocupes, estamos separados desde hace tiempo.

A veces, eran espectáculo para sus amigos, quienes, a cambio de silencio y protección, exigían permanecer tras las cortinas del dosel que se levantaba varias pulgadas sobre los numerosos almohadones, mirando las paredes tapizadas con tela roja, el diván turco mientras fumaban lentamente, y las volutas de humo se trenzaban, se unían en el aire engarzándose con la luz de las bujías. Así Natalia, poco a poco, fue perdiendo su timidez, y así conoció también a Iván Dolgorukov.

¿Por qué Lizaveta obligaba a su amiga a servir de espectáculo? Para comprenderlo hemos de viajar años atrás, a Petersburgo, al lugar en donde la joven princesa tuvo su iniciación amorosa.

Una noche, cuando Lizaveta tenía apenas once años, su madre le había dicho:

—Hija mía, he sido infeliz con tu padre. Él, para mostrar su superioridad, me pegaba todas las noches y así, cuando murió, en lugar del dolor de la viuda, yo me sentí libre. Tú eres una princesa, pero te espera el mismo destino. Los maridos rusos te hablan de tú, pero debes dirigirte a ellos de usted, te llaman «mujer» mientras que solo puedes responderles por su nombre y rango; se sientan cuando estás de pie, y en la cama solo buscan doblegarte. No quiero que a ti te suceda lo mismo.

Y diciendo esto la mujer abrió una puertecilla secreta e hizo entrar en la alcoba a un joven *mujik*, bello como un semidiós, tímido y rubio, acompañado por su padre. Los dos llevaban el gorro en la mano, la cabeza gacha, e iban cubiertos con pieles.

—Dile a tu hijo que se desnude o te hago desollar vivo —dijo la madre bruscamente, en el dialecto del campesinado.

Así lo hizo temblando el muchacho, muerto de vergüenza, y cuando se hubo despojado de las groseras pieles de cordero aflojando cuerdas y hebillas y estaba ya como su madre lo parió, puso la mujer dos sillas a la vera del lecho.

—Tú siéntate allí, y guarda silencio.

El padre se sentó.

La pequeña Lizaveta miraba hacer a su madre y, cuando ella la obligó a quitarse el *peignoir*, quedó cubierta únicamente por su camisón transparente de exquisito encaje. No desconfiaba en absoluto de aquella mujer que tantas veces la protegiera del acecho del padre.

—Hija mía —le dijo—, hoy perderás, a manos de este pequeño bruto, tu doncellez. No temas, no sentirás dolor, porque si te hace sufrir mañana no verá salir el sol. Nosotros nos sentaremos a mirar, y así tú, a la par que disfrutas del cuerpo, perderás para siempre la timidez, y con la timidez, el miedo: nunca permitirás, como he hecho yo, que alguien te posea solo por miedo.

Así la madre empujó al muchacho desnudo hacia la cama de su hija, y el mozo, excitado por el cuerpo de la joven, levantó el velo que la cubría y cumplió con suavidad su cometido. Pero, al recibirlo, Lizaveta sintió también las miradas de los adultos que se clavaban en ella. Cuando fue penetrada por fin, abrió los ojos y comprendió que tan hermoso era entregar el cuerpo como sentirse observada. Luego su doncella le lavó el cuerpo entre caricias, y fue realmente entre sus manos donde descubrió el placer.

Natalia, a pesar de su timidez, no quiso negar a su amante tan ingenuo disfrute, y permitió que las observaran noche tras noche, más cómoda si el mirón era Iván Dolgorukov.

A Iván lo habían conocido en un salón, y habían hablado con él, que se aburría. Era un hombre peculiar. Nació en Rusia e inmediatamente sus padres lo llevaron a Suiza, de allí a Londres, y luego, finalmente, a Alemania y a París. Al cumplir los quince años, arrastrado por el entusiasmo de la época y deseando conocer sus raíces, había regresado a Rusia, justo a tiempo para ver cómo su tío materno, a quien consideraba liberal, hacía matar a palos a cinco aldeanos solo porque se le había dado la orden de someterlos a la obediencia. Este hecho lo impresionó tanto que se enroló inmediatamente en la lucha contra el zar. Así logró que lo desterraran, y regresó a París, todo ello en siete meses: lo acompañaba una hermosa campesina a quien había comprado para regalarle la libertad.

A partir de ese momento abandonó su temperamento europeo, sus vagas maneras de dandy, y comenzó a hablar en francés con ese acento ruso que tanto molesta a los parisinos, cambió la tetera por el samovar y la *soupe à l'oignon* por el *shchi*. Pero, a pesar de todo, seguía siendo un occidental.

Cuando conoció a las dos mujeres, se acercó a ellas, llevado tal vez por su propio desarraigo.

—¿Puedo sentarme?

Juntos en el canapé, bebieron una copita de oporto.

—¿Y no habla usted con los hombres sobre la revolución —preguntó Lizaveta—, como todos los rusos?

—¡Ah, los rusos! Si se juntan dos franceses, por muchos esfuerzos que hagan, terminarán hablando de mujeres. Pero si se juntan dos rusos, pronto estará sobre el tapete la cuestión del porvenir de la patria. Le diré la verdad: estoy de acuerdo con ellos, pero me aburro.

—A nosotras también nos aburren los hombres —dijo Natalia con los ojos bajos y, al levantarlos, Iván sintió que se ahogaba en un mar azul.

Más tarde, cuando se hizo de noche, Iván se ofreció para acompañarlas. Mientras los caballos trotaban por las calles desiertas, preguntó:

—¿A cuál de las dos he de llevar primero?

—¿Por qué disimula, Iván Dolgorukov? No hace falta. Todo París sabe quiénes somos nosotras.

Y Natalia, desde la oscuridad del carruaje, susurró tras su abanico:

—No se vaya usted, se lo ordeno: tendrá su recompensa.

Iván estaba lo suficientemente borracho como para seguir el juego, y lo suficientemente sobrio como para callar, así que observó en silencio cómo las dos mujeres se desnudaban la una a la otra sin mirarlo, para luego entregarse al amor, un amor tan salvaje que Iván a duras penas se contuvo en su puesto de caballero y de observador. Luego Lizaveta le permitió dormir entre ellas, pero no se le concedió tocarlas.

Y él, temblando de deseo, clavaba sus ojos en la bellísima Natalia, que reposaba desnuda, y la volvía a imaginar bramando entre los brazos de Lizaveta, arqueando el cuerpo para arrancarle todo el placer mientras Lizaveta, privada de aguijón, se servía de su lengua para extraer la sustancia secreta. Luego los senos se habían rozado, presionado hasta endurecerse con el más voluptuoso escalofrío. Se trenzaban los muslos en el combate, y ahora era la servicial Natalia la que redoblaba su actividad, hasta que al mismo tiempo brillaban los ojos de las sáficas, que caían desplomadas, olvidadas incluso de su existencia.

Como cualquier hombre, Iván no entendía el amor entre mujeres, no comprendía algo que no lo incluyera como centro del placer y ahora, mientras dormitaba entre los brazos de las bellas dormidas, mientras se entregaba a los sueños más promiscuos, se decía:

—Esta mujer será mi amante. ¡Seguro!

# VIII

# La ley del más fuerte

¿Por qué iba a ser pecado abandonarse al propio corazón? Es cuando uno ya no puede amar cuando debería llorar por sí mismo y abochornarse por haber dejado extinguir el fuego sagrado.

GEORGE SAND

Era una de esas mujeres rusas que no se amilana ante la desgracia: para un caballo desbocado y penetra en una *isba* en llamas.

N. A. NEKRASOV

Así transcurrió un año, y muchos más hubieran pasado bajo el dintel de los días a no ser porque Natalia Petrovna, en un momento de cólera, confesó todo a su marido. Tal vez en otro momento, o en otras circunstancias, Nikólai Vslelódovich hubiera podido aceptar el engaño de su bella esposa, pero ahora era su masculinidad la que no podía tolerar la afrenta, menos aún si era pública y lo colocaba en el lugar de un perfecto imbécil.

Lo sacaba de quicio pensar que había cobijado a una mujer malvada y, aunque quisiera razonar, su ira era tan salvaje que lo punzaba físicamente, con el dolor de un tigre herido cuya visión, nublada por la sangre, lo convierte en un destructor.

Había golpeado a su mujer y esto hacía que, además de furioso, se sintiera ruin.

Ya era muy tarde cuando abandonó el hotel y bajó a la plaza para no seguir escuchando los sollozos de Natalia; pero en la noche oscura se sintió abandonado, solo caminando logró domeñar su rencor. Ya había olvidado a la muchacha italiana a la que poseyera aquel mismo día. Nervioso, descorazonado, caminó durante horas y, cuando apenas amanecía, vio a una mujer que vendía aguardiente y café a los obreros, a los pilluelos, a toda esa población para la cual la vida empieza antes del día. Entonces pudo sacudirse la sensación de que estaba solo en el mundo. Ya más tranquilo, continuó vagando por las calles mientras se fumaba un cigarro, con las manos en los bolsillos, y con una despreocupación verdaderamente deshonrosa. Estaba tan agotado que ya no recordaba a Natalia.

Pero luego los celos volvieron a azuzarlo y, con ellos, despertó la bestia que, desde horas atrás, llevaba dentro, agazapada, esperando para saltar sobre su corazón. Era una sensación completamente nueva, intensa, viva, pero detestable, el huésped maligno había entrado en su alma como en su propia casa, se negaba a abandonarla. Se sentía vejado, ultrajado, burlado por una muchacha. ¿Cómo, con toda su experiencia con las mujeres, no se apercibió de lo que estaba pasando? Se iba a vengar, claro que sí, dejaría a Natalia sola y sin dinero, abandonada, estaba en su derecho. Al fin y al cabo era su marido. ¡Y pensar que él mismo, pobre ingenuo, le había presentado a Lizaveta, incitándolas luego a marcharse juntas de casa de Annenkov!

Al fin decidió regresar y disfrutar de su victoria. Vio un cabriolé estacionado en la esquina, a la espera sin duda de noctámbulos, despertó al cochero e hizo que lo llevara de vuelta al hotel. Tras las cortinillas del coche, mientras atisbaba en la bruma que finamente nublaba la ciudad, sonrió con una sonrisa tremenda, preparando su venganza. Blanca, la aurora se vertía al final de la calle.

Cuando regresó, Natalia estaba tendida sobre la cama sollozando aún. Al oír a su marido intentó levantarse con la cara aún ensangrentada por los golpes y, si Nikólai hubiera podido volver a ser humano por un segundo, no hubiera evitado un intenso sentimiento de piedad por la bella maltratada.

Pero estaba sumido en sus propias emociones, acariciaba ahora a la fiera como si fuese un gatito, así que dijo a bocajarro:

—Tú y tu amante sois dos pervertidas. No quiero verte más.

Natalia, bamboleándose, se puso de pie, y Nikólai pudo ver las manchas de sangre sobre su vestido.

—No nos juzgues, Nikólai, que ya has hecho suficiente daño. No juzgues lo que no comprendes.

—¿Acaso quieres que te pida perdón?

Natalia entonces se incorporó y, secándose las lágrimas con un pañuelo, volvió a recuperar su majestad.

—No te burles de mí. No, no quiero que me pidas perdón, porque entiendo tu furia. Yo también me he sentido así cuando, de recién casada, me engañabas con cuanta mujer se te ponía delante. Pero no me arrepiento ni te pido perdón Nikólai, no me has entendido: el amor no se perdona. Solo deseo que comprendas.

—¿Qué quieres que comprenda? ¿Que os habéis reído de mí bajo mis propias barbas? ¿Que todo París sabe que para ti soy un eunuco? ¿Que tal vez os acostabais juntas en mi propia cama?

—Yo no te juzgo, Nikólai, y tú no has hecho otra cosa que engañarme. No te juzgo, pero tampoco permitiré que tú lo hagas.

—Pobre infeliz. Depón tu orgullo. Ahora ya no tienes nada: ni marido, ni bienes, ni casa. Todo me lo llevo, Natalia. Todo. Voy a abandonarte.

—Nikólai, no seas cruel.

—Y agradece que no te entregue a la justicia.

Entonces Natalia se irguió más aún.

—Eres más fuerte que yo, como el zar es más fuerte que su pueblo. Usa tu poder, si quieres, pero eso no hará que te sientas mejor. Te lo digo por última vez, Nikólai, intenta comprender, será mejor para todos. Durmamos ahora, hablemos mañana; estamos cansados, la oscuridad es mala consejera. Mira, ya amanece. Deja ahora que salga de esta habitación.

Nikólai soltó una terrible carcajada.

—¿Dormir? ¿Eres capaz de dormir? ¿De qué me acusas, Natalia? ¿Cuándo te has preocupado por el pueblo ruso? Pobre infeliz, es verdad, soy mucho más fuerte que tú. No me provoques más, Natalia, no me provoques, porque volveré a pegarte.

Natalia había cogido el candelabro para retirarse. Al escuchar las últimas palabras de Nikólai, levantó la mano. La luz estaba a la altura del semblante de su marido. Lo miró de hito en hito, con atención y curiosidad, con una mirada extraña, como si no lo hubiese visto jamás, y permaneció en silencio. Por entre las cortinas semicerradas se filtraba la triste grisalla del amanecer; una mariposa agitaba sus alas entre los visillos y la vidriera, presa, debatiéndose entre la libertad y la muerte.

—Pégame, Nikólai. Mátame si quieres. Pero ni siquiera muerta dejaré a mi amante. Sábelo bien: no tienes poder sobre mí, solo tienes fuerza. Mátame; ¡ahora mismo!, ¡atrévete!

La mujer parecía una estatua de hielo. Con el candelabro en una mano, pálida, absolutamente vestida de blanco, era de una belleza sobrenatural.

Avanzando unos pasos, miró a su marido de pies a cabeza, le volvió bruscamente la espalda y salió de la habitación, dejando tras de sí solo la fría penumbra.

Nikólai deambuló dos o tres días por la ciudad. Nunca supo a ciencia cierta cuánto tiempo había pasado, porque entre el alcohol y las mujeres en cuyas camas lloró su vergüenza transcurrieron siglos. No, no podía perdonarla, pero se sentía terriblemente mal. ¿Abandonarla sola? Toda su vida juntos pasaba frente a sus ojos, como dicen que pasa por la memoria de los que van a morir. ¿Qué diría su prima, la princesa María, cuando se enterara de que había dejado a su protegida, quitándole su fortuna? Y él mismo, ¿sería capaz de arrastrar durante toda su vida la culpa por la vileza que estaba por cometer? En un intento por calmarse, se dijo que era cierto que la fidelidad ya no se llevaba en París, que en el fondo nada había cambiado entre los dos. Pero sus argumentos le parecieron inconsistentes. Además, no podía sacarse de la cabeza la acusación que Natalia le soltara en pleno rostro:

—Eres como el zar.

Así que, incapaz de poner de acuerdo las dos tensiones que destrozaban su alma, decidió volver al hotel y dejar a Natalia dinero suficiente para que pudiese regresar a París. Luego, que se ocupara de ella su amante. Pero él —ahora por fin lo comprendía— nunca, nunca más recuperaría a su mujer.

Como un animal herido se detuvo en mitad de la plaza y, con los brazos abiertos, bramó:

—¡¡Natalia!!

Solo le contestó el eco, y un borracho solitario que por un momento se detuvo y gritó también, levantando los brazos:

—*Evviva la repubblica!*

Luego siguió su camino, bamboleándose en las sombras.

—¡Oh, por Dios, Natalia...!

A lo lejos, la voz pastosa del borracho pareció responder:

*—Italia farà da sé!*

Entonces, súbita, liviana, doblando la esquina por donde había desaparecido el borracho, le llegó la canción: se sumaba a la voz vacilante la trémula de una mujer, y luego varias más: una plegaria en plena noche.

*—O mia patria, sì bella e perduta!*

Le pareció que la canción había escapado de su propia garganta y se ocultaba en las sombras de los soportales para subir girando en espiral, aérea, emocionada, casi hasta el cielo y caer por fin, desde su nota más alta, con violencia, como una lanza, partiéndole el corazón.

A lo lejos es la noche una amenaza de caballos, de galopes; un coro de murmullos clandestinos que bate las ventanas y las puertas; un tumulto secreto, un clamor.

Por fin, carreras, disparos, sangre. Y el grito que recorre toda Italia:

*—Assassini! Evviva la repubblica!*

Ajeno al bullicio, atento solo a su dolor personal, Nikólai se sentó en un banco de la plaza y repitió:

*—... sì bella e perduta...* ¡Natalia!...

Mientras entre las callejas se restablecía el silencio y las puertas conmovidas cobijaban a los heridos, se sintió solo, absolutamente solo y, poniendo la cabeza entre sus manos, comenzó a sollozar.

# IX

# Londres

El amor reina sobre todo en la memoria.

HERZEN

Lejos, lejos, pues quiero escapar de ti.

KEATS

Después de abandonar a su mujer, Nikólai Vslelódovich deambuló por Italia durante un año, intentando llenar sus pulmones con aires de libertad,* pero pronto cansado, deprimido, regresó a Francia, en donde mantuvo una breve entrevista con Marx que terminó en disputa. No lo retuvo el clima del lugar, la nueva revolución fracasada** ni tampoco la amenaza del cólera a la que el pequeño Sacha, enfermizo y muy delgado, era especialmente sensible. Sabía también que, si permanecía en la ciudad, corría el riesgo de encontrarse con su mujer y con Lizaveta. Así que, tras

---

* El 12 de enero de 1848 estalla la revolución en Palermo y en una quincena son barridas de Sicilia las guarniciones napolitanas. El rey Fernando de Nápoles es obligado a conceder una Constitución.
** Se refiere a las ejecuciones de los insurrectos y la posterior culminación de la Segunda República en la elección del príncipe Luis Napoleón como presidente.

comprar el material necesario para montar una imprenta al otro lado del canal y de contratar a una rubicunda nodriza, viajó a Calais para atravesar desde allí el mar embravecido. Luego divisaría la cúpula brillante de la catedral de Saint Paul y navegaría por el Támesis entre bosques de mástiles, gigantescos acorazados y miles de barcos de todos los tamaños y formas.

Mientras el vapor tocaba muelle, una jauría de miserables intentó llevarle el equipaje. Parapetándose tras su maletín, pensó que no quería ni siquiera oír hablar de su esposa y que, entre la niebla londinense, era su hijo quien ocupaba toda su atención. Lo que no sabía Nikólai era que atrás dejaba el continente, al que solo regresaría para morir.

Todo le parecía una paradoja: allí, donde había perdido a Natalia, la fortuna generosa le devolvió un hijo y, al mirarse en el espejo, comprendió que comenzaba a envejecer.

Ya no estaba irritado; una vaga congoja ocupaba su espíritu y con la soledad llegó la razón. Había sido demasiado duro, sin duda, pero resultaba tarde para remediarlo: era necesario aceptar que no volvería a ver a Natalia.

Compró una casa en Hyde Park. Por las mañanas, casi como un anciano, salía a caminar entre los árboles que se bamboleaban al viento bajo la persistente llovizna, entre bellas mansiones que aún conservaban su aspecto rural.

No le gustaba Londres, su hedor a hollín y a lodo, humeando sin tregua en la bruma, pero aquel barrio semejante al campo le parecía apropiado para que creciera su hijo. Todo estaba limpio y algunas mañanas, cuando caminaba con Sacha por St. James's Park, viendo el estanque poblado de ánades, las vacas y los carneros ramoneando en la hierba siempre fresca, se preguntaba si su vida terminaría así, en aquel lugar plácido, alejado de toda pasión, una vida a la que solo quedaba el placer de conspirar en paz.

El niño crecía en brazos de ayas e institutrices, caprichoso y mimado, sin saber quién había sido su madre. Tenía una fuerte afición por la música y algunas tardes, cuando se había marchado el preceptor, se encerraba en el escritorio para tocar con vehemencia el piano. A pesar de que era pequeño, tenía mirada de adulto. A veces bajaba al sótano, se acercaba a su padre y lo observaba en silencio, inclinado sobre los tipos de la imprenta, como si quisiera, mientras este componía el periódico, preguntarle algo. Pero la pregunta nunca salió de su boca.

Aunque, en realidad, ¿cómo podría Nikólai hablarle de su origen, de la pobre muchacha italiana que lo engendrara, si era incapaz de traer a su memoria aquellos momentos terribles? Una herida no cicatrizada era el recuerdo de Italia, una fea amputación que no quería exhibir, y así el pequeño, como nadie nunca le mencionaba a su madre, terminó por suponer que era hijo de aquella mujer en traje de amazona cuyo retrato coronaba el salón. Sabía que algo oscuro ocultaba su padre, pero en su mente infantil eligió a Natalia Petrovna como la madre que le hacía falta. Luego, cuando de mayor eligiese esposa, no serían ajenos a su decisión la ausencia de su madre y el odio que, muy dentro de su corazón, había crecido, echado raíces y ramificado en la casa paterna, privado de toda ternura.

Poco le preocupaban a Nikólai los diminutos conflictos del niño. Él había sido tan feliz en su infancia que no pensaba que estos fuesen posibles a tan temprana edad. Algunas tardes, cuando se sentía demasiado triste, cuando ese tedio tan ruso lo invadía haciéndole pensar incluso en el suicidio, bajaba hacia Regent o Coventry entre el olor dulzón del opio y el perfume acre de la ginebra, y elegía a una muchacha de las que, para evitar el barro, levantaban sus faldas enseñando las piernas, o entraba en un burdel donde media docena de cortesanas, con buen aspecto y escotadas hasta los pezones, sonreían burbujeantes a los clientes entre la seda y el satén.

En aquellos días conoció Nikólai un inmenso prestigio entre los exiliados, quienes admiraban su trabajo con el periódico que ya se publicaba en ruso y en inglés y rompía el cerco que imponía el zar para penetrar en la amada patria. Había tomado contacto con Iván Dolgorukov, a quien conociera en sus últimos días de París, y el joven prometía venir a ayudarlo, como ya lo había hecho desde lejos, enviándole de tanto en tanto noticias de Francia.

—Es usted un colaborador excelente, un escritor eficaz —le había dicho entonces—. Vamos, anímese a cruzar el canal y a visitarme en Londres.

Así pues, Nikólai no perdía las esperanzas de recibirlo en su casa de Hyde Park.

Una tarde, después de haber estado con sus agentes de bolsa, salió Nikólai de la City hacia las cinco y media y decidió tomar el tren en dirección noroeste para cenar con un antiguo camarada. Se sentía deprimido y se sintió peor al ver que los vagones estaban llenos.

Cuando el tren iba a arrancar, apareció corriendo por el andén una muchacha que subió deprisa para apoderarse del único asiento libre, justo frente a Nikólai. En su mayoría hombres, los pasajeros la miraron sobre sus periódicos, pero como venían cansados de sus negocios, optaron por ignorarla.

Era francamente guapa y Nikólai sintió, sin quererlo, que sus piernas se rozaban. Por el espacio que ocupaba en el asiento supo que era una muchacha maciza, probablemente una vendedora callejera. Mirándola mejor, vio que su ropa era sencilla pero limpia, y que sus manos estaban descoloridas por el trabajo: llevaba un anillo de boda.

Pasaron dos o tres estaciones. Algunos pasajeros se apearon, finalmente el coche quedó desierto. Ahora Nikólai advirtió que ella se sonrojaba y que se miraba las manos sin saber qué hacer.

Al verla, el guarda pidió su pasaje.

—Clase equivocada, señorita, debe abandonar el tren. Son cuatro peniques más.

La muchacha, muy agitada, respondió:

—No llevo nada, señor, he subido a la carrera y me equivoqué de vagón. Por favor, déjeme seguir. He pagado el pasaje con todo lo que tenía.

Nikólai, conmovido por la juventud de la muchacha, alargó al revisor la cantidad solicitada, al tiempo que la presionaba con sus rodillas.

—¡Uf! —exclamó la muchacha—. Ha sido usted muy amable.

—¿Cómo te llamas? —Ahora las piernas de Nikólai casi se hundían entre sus faldas.

—Betsy, señor. Debe de ser estupendo ser rico y poder viajar siempre en estos vagones. Le estoy tan agradecida...

La muchacha se acomodó las trenzas bajo el sombrerito y sonrió.

—Mira, Betsy, te invito a una cerveza. Si aceptas, me pagarás el favor.

Ella lo miró con desconfianza.

—¿Por qué lo hace?

—Podría ser tu abuelo. Solo quiero conversar un rato con una mujer.

Dejó caer un guante y, al levantarlo, le rozó la pantorrilla: la muchacha se turbó.

—¿Es usted viudo?

—Algo así. Mira, ya llegamos.

El tren había llegado al final de su recorrido. Aquel barrio parecía a medio edificar, pero con muchas calles nuevas trazadas. La oscuridad era total.

Nikólai caminó junto a ella y, a medida que avanzaba la noche, sintió que también avanzaba el deseo, haciéndolo sentirse joven aún. Intentó aproximarse más.

—¿Y tu marido?

—Ah, mi marido. Es marinero y ahora está en América. Vivo con mi abuela en una casa cerca de aquí. ¿Quiere conocerla?

Betsy era alta y fornida, con la cara típica de las inglesas, los dientes un poco grandes, los rasgos alargados y un andar entusiasta que denotaba vitalidad. No iba todo lo abrigada que hubiera ido una mujer con dinero; llevaba un sombrero vulgar y un chal corto y brillante de buen paño. Nikólai la cogió del brazo, algo embarazado, sin saber cómo actuar con esa muchacha a la que deseaba con una vehemencia que le parecía absurda. Siguieron caminando en silencio. De pronto, se detuvo.

—¿Qué sucede, señor?

—Mira, pequeña, no sé cómo lo tomarás, pero querría invitarte a que me acompañaras. Por aquí no encontraremos donde beber, y creo que es tarde para visitar a tu abuela.

Betsy no respondió, Nikólai interpretó su silencio como aceptación. Así que silbando con fuerza detuvo un coche. Ya de camino miró por la ventanilla: era completamente de noche y las luces de gas parpadeaban en medio de un halo amarillento en plena bruma. Betsy se dejaba llevar acompañándolo en silencio, las manos ocultas bajo la manta, arrullada por el galope de los caballos. Llegaron a una casa de citas.

Cerca de allí había un edificio pequeño, en cuyas ventanas aparecía escrito en grandes letras «Baños».

En la puerta, una mujer ya madura cuchicheó al oído de Nikólai, quien se dejó acompañar hasta una habitación provista de una bañera doble y una cama. Betsy se miraba insistentemente las puntas de los botines, como si en ellas se ocultara algún secreto.

Había grandes cojines planos de diferentes tamaños tapizados con cuero, y en la gran bañera un grifo del que podía sacarse agua fría o caliente.

Allí Nikólai, sin mirarla, comenzó a desvestirse, y cuando se lo hubo quitado todo excepto la camisa, dijo:

—Vamos, desnúdate. Luego te regalaré unas botas y unas medias.

—Oh, señor, no estoy acostumbrada —replicó la muchacha volviéndose contra la pared. Parecía tensa y no se había quitado siquiera el chal.

—Y también un miriñaque.

—Un miriñaque..., un miriñaque —repitió pensativa mientras comenzaba a quitarse faldas y enaguas.

—¿Me quito más? ¿Todo? —A cada pregunta se detenía, como esperando que le dijeran «basta», pero, ante el silencio del hombre, continuó hasta que un seno juvenil afloró de entre las telas rústicas—. Es usted demasiado generoso.

Después se descubrió las piernas. Llevaba aún el sombrero puesto.

—¡Qué hermosa eres!

—Mi cuerpo es mi única fortuna, señor —dijo, y se sonrojó—. Hubiera debido casarme mejor, pero ¿qué puede pretender una muchacha pobre?

Betsy estaba casi desnuda, solo cubierta con los botines y las medias, y Nikólai se acercó a ella lentamente. La sentó sobre la cama, la descalzó con sus propias manos, finalmente le quitó el sombrero y le deshizo las trenzas, para acompañarla luego hasta la bañera.

—Nunca me he bañado. Me da miedo el agua.

—Ven, ven querida. ¿Has hecho esto otras veces? ¿Lo haces por dinero?

—¿Acaso es usted mi juez? ¿Acaso eso importa ahora? Es fácil ser honesto cuando se es rico. —Y, mientras hablaba, la muchacha levantó una pierna para entrar en el agua dejando al descubierto la entrada del placer.

—¡Está caliente!

Nikólai se quitó la camisa, metiéndose en el baño tiró de ella. Entre risas, Betsy le permitió enjabonar sus pechos, su culo rotundo, su espalda, buscando también los resquicios del hombre, frotándolo con tal entusiasmo que pronto Nikólai sintió un deseo tan firme que le resultaba imposible contenerlo.

—Suéltate el pelo —dijo—, suéltatelo, *mátushka* —susurró con voz ronca.

—¿Qué dice el señor? No comprendo, ah, el pelo, claro. —Y levantando las manos permitió, mientras se quitaba las peinetas, que Nikólai admirara los senos que se bamboleaban brillantes por el agua. Entonces, con mucho cuidado, como si temiese quebrar el espejo del agua, se sentó en la bañadera.

—Tan deprisa no. Quiero disfrutar de mi baño: es el primero que me doy en la vida.

—Pequeña viciosa. No puedo contenerme más.

—Ah, si el señor quiere, nos veremos otra vez. No tengo prisa. Solo quiero un lindo vestido.

Entonces Nikólai, quien no un vestido, sino el mundo entero le hubiera regalado en ese instante, la tomó con fuerza por las muñecas y, obligándola a echarse, montó sobre ella salpicando toda la habitación. Y el deseo, doloroso y silenciado, escapó por fin de su cuerpo.

—Hablemos un poco —le dijo—. Luego volveremos a hacerlo. —Ella empezó a sentir frío, así que Nikólai avivó el fuego para que el agua saliese caliente. Cuando ya estaba fuera de la bañadera, Betsy exclamó:

—¡Qué tamaño! ¡Qué maravilla! ¿Nadie se lo ha dicho antes?

—Nikólai, bruscamente, se sintió joven.

Había una cama en el cuarto y un calentador. Se secaron, pues, rápidamente, se metieron entre las sábanas, y allí libraron un singular combate, en el que ninguno de los dos luchadores temía que su espalda fuera colocada contra la lona. Dos veces más lo hicieron, una sobre los cojines de piel, donde la muchacha aposentó sus caderas para ofrecerse al hombre, otra cuando ya estaban vestidos para partir, de pie, contra la pared. Mientras Nikólai la izaba, mientras se perdía en ella con un vigor olvidado, sintió por fin que regresaba a la vida.

Luego instalaría a la muchacha en una pensión de Mortlake y volvería muchas tardes a retozar entre los brazos de la incansable Betsy.

Aquello, lo sabía bien, no era el amor, pero se le parecía mucho. Si le preguntaba sobre su vida, ella torcía la nariz para decirle:

—Bah, cotilleos. ¿Acaso le pregunto yo algo a usted? Entre las sábanas nadie tiene historia, todos estamos desnudos.

Y caminaba por la habitación, cubierta solo por una bata bajo la cual llevaba una camisa de fina batista, medias azules y botas de cabrito.

Entonces Nikólai, enardecido, se lanzaba sobre ella.

Una tarde, cuando retornaba a casa paseando entre los árboles verdeantes del parque en primavera, Nikólai vio un landó detenido a la puerta de su casa. Estaba de un humor espléndido, ya que venía de juguetear con Betsy, quien había despertado en él un portentoso entusiasmo, tanto que se había prometido trasladarla a su propia casa la semana entrante para tenerla más a mano. El marido no había regresado de América y ella no parecía realmente echarlo de menos. Ahora ya no trabajaba, y estaba siempre dispuesta para Nikólai. Betsy era una de esas mujeres que disfrutan con el amor, y pocas cosas le interesaban más que hacer feliz a su amante. Ella, por el día, tal vez pudiera ocuparse de las minucias del hogar, y por las noches... y por las noches. Al fin y al cabo, hacía falta una mujer en la familia, una mujer en quien se pudiera confiar. Se acercó más a su casa.

—¿Quién será? —pensó, dándole poca importancia, ya que era corriente que allí acudieran todos los exiliados rusos que repostaban en Londres.

—¡Sacha! —gritó desde el jardín—. ¡Sacha! ¿Quién ha venido?

El muchacho se asomó a la ventana. Era ya un adolescente, un adolescente guapo pero atormentado, y Nikólai vio que, en lugar de la mirada adusta, del gesto permanentemente huraño, ahora parecía feliz.

—¡Padre! ¡Una sorpresa! Venga, entre. —Tapándole los ojos lo empujó hacia adentro. Era casi de su misma altura—. Con cuidado, por aquí, venga, padre, cuidado con los escalones. ¿A que no sabe quién ha venido?

Al fondo de la sala había una pareja. La mujer, de espaldas contra la ventana, tenía una figura hermosa, algo delgada, pero llena de majestad. Nikólai presintió por un minuto la espalda familiar, pero el contraluz le impedía ver los rasgos de la extranjera. Lentamente, ella se dio la vuelta, con un gesto casi teatral, mientras su acompañante permanecía en la sombra. No, no podía ser. Trémula, insegura, como si estuviera a punto de desmayarse, la mujer avanzó unos pasos hasta quedar detenida en un haz de luz. La voz del hombre decía:

—Nikólai Vslelódovich, ¿no me reconoce? Nikólai, soy Iván Dolgorukov. Hemos viajado mucho y estamos cansados. ¿Hay algo para beber?

La mujer lo miró en silencio.

Era Natalia Petrovna.

# X

# El reencuentro

En el amor se hallan tan fundidos la pasión y el
odio que es necesario poseer un oído muy fino
para distinguir las notas.

OGAREV

¡Oh gozo!, en nuestras ascuas hay algo que está
vivo.

WORDSWORTH

Hubo unos segundos de silencio en que las emociones de cada
uno de los actores de la escena parecieron chocar en el salón. Sacha creía haber recuperado a su madre, Iván sospechaba haber
perdido toda oportunidad, libre de culpas se supuso Nikólai ante
el regreso de su mujer, y Natalia...

Natalia siguió avanzando como borracha hacia el centro de la
escena; dio unos pasos más y se detuvo.

Ya no era, sin duda, la mujer abandonada en Italia y menos
aún la niña que llegara desde Moscú. Nervioso, sin saber qué hacer, Nikólai sacó un pellizco de rapé de una cajita redonda y lo
acercó a su nariz: tal era la tensión que todos creyeron escuchar la
larga inspiración que hizo para que el polvo llegara hasta sus mem-

branas. Lo observaron estáticos, como si de la nariz de Nikólai, de sus orificios dilatados, de los pelillos que asomaban, dependiese el resto de sus vidas; permanecían congelados, como cuatro cantantes de ópera pendientes de la batuta de un director invisible.

Nikólai estornudó.

Lentamente atardecía en el jardín. La lluvia monótona que había caído toda la mañana recomenzó, golpeando las hojas de los rosales adosados al muro, despertando el aroma de la tierra, reuniéndose en minúsculos charquitos; las abejas zumbaban su labor en torno al jazmín.

Nikólai volvió a estornudar.

Ahora nadie parecía capaz de retomar la escena, el drama contenido en sus almas e interrumpido por un estornudo. ¿Qué hacer? ¿Avanzar? ¿Huir? ¿Quién caería de rodillas ante quién? ¿Quién era la víctima, quién el verdugo? Solo la lluvia, que arremetía inclemente, los hacía sentirse vivos. Entonces se oyeron unos golpes suaves en la puerta.

—El té, señor, está servido en la salita. Oh, perdón, no sabía que estaba ocupado.

Después de más de diez años de separación, las primeras palabras que oyó Natalia de boca de su marido fueron las siguientes:

—Querida, ¿te apetece una taza de té?

El destino es absurdo, pensaba Nikólai mientras con las tenacillas acercaba azúcar a la taza de porcelana observando discretamente a Natalia, quien envolvía la suya entre las manos para calentarlas. Ya no era una jovenzuela, pero la misma belleza se sostenía en sus gestos, en el cabello más corto, recorrido por alguna cana, en las facciones que con la edad habían atrapado esa unión extraña de sabiduría y hermosura que solo se da alrededor de los treinta años. A toda prisa cabalgaban los recuerdos por la mente de Nikólai. Sacha se había sentado a los pies de Natalia y la estudiaba con un gesto reverencial, como si se hubiese hecho carne el cuadro de la biblioteca, como si un sueño se hubiese hecho realidad.

Iván, en cambio, devoraba pasta tras pasta y combinaba té con licores que se servía nervioso, intentando que el alcohol borrara lo que estaba sucediendo, soltando cada tanto una frase sin sentido que no tenía eco alguno. Deseaba, en fin, desaparecer.

Había temido el reencuentro cuando iniciara el viaje, y al tocar el puerto, bajo la niebla amarilla que dibujaba los barcos como si fueran manchas en un papel secante, entre los remolcadores que prorrumpían en siniestros lamentos, pensó que no sería capaz de resistir la situación. Se puso de pie, se asomó a la ventana, miró la lluvia, se volvió a sentar. Volvió a servirse otra pasta, volvió a ponerse de pie, se sirvió otra copita de licor, recomenzó otra frase cortés: nadie parecía verlo.

Nunca había tenido capacidad para soportar las pasiones que poseían a los rusos. Ni siquiera cuando Lizaveta, ante los ojos de Natalia, lo obligara a desnudarse para que la tomara allí, ante la mirada azul de Natalia, sobre la cama turca, ante su mirada herida, ni siquiera entonces Iván había comprendido un apasionamiento tan demencial.

Él no era realmente ruso. No en su carácter, ni siquiera en las emociones vehementes; demasiados años en Europa occidental lo convertían casi en un extraño.

¿Por qué Lizaveta había actuado así? ¿Era acaso necesario que lastimase a Natalia de aquel modo? Años padeciendo mientras ellas se amaban, años actuando de mirón tras las cortinas del diván y un día, cuando toda esperanza parecía esfumarse, lo llaman al ruedo para quebrar un vínculo que había durado también años.

No le gustaba sentirse usado. No, no le había gustado hacerlo. No le había gustado participar de ese juego maligno que rompería las cadenas que unían a las dos mujeres. Y cuando Natalia, sin poder resistir el espectáculo, había cogido su fusta para lanzarse con furia sobre su espalda, había sentido que el deseo —asfixiado tantas veces— rompía como un huracán, para adentrarse en el cuerpo de Lizaveta llevándolo a un paroxismo que pocas veces alcanzara un varón. Y aquello lo avergonzaba.

—Ya no te quiero, Natalia —rugía Lizaveta en brazos de Iván—. Mira cómo me entrego a un hombre. Déjame, tienes que irte. Vete, Natalia, olvídame —decía llorando—. Vete. Vete o pronto tendrás que verme en los brazos de mi marido. Voy a regresar con él. Déjame en paz.

—¡Oh! ¡Cómo te odio! —había gritado Natalia, rompiendo a su paso todo cuanto encontraba.

Iba vestida de amazona, de negro, y cuando bajo la ventana se oyó el galope del caballo, Iván la pudo imaginar azotando las ancas del animal, lanzándose a todo escape mientras el viento, como un presagio, agitaba su gran velo oscuro.

Iván tomó un sorbito de té, intentando ahogar los recuerdos en el fondo del líquido caliente. Ahora Nikólai hablaba con su mujer muy bajo, como si prosiguiese con una conversación ininterrumpida, tomándole las manos, unas manos delgadas y frías entre las grandes manos de Nikólai, y Sacha, en silencio, se había sentado más lejos en un sillón, con su cara densa de adolescente excluido. Seguía lloviendo.

—Déjanos solos —decía Nikólai.

—Pero padre, yo quiero...

—Déjanos solos, por favor.

—Ah, el alma rusa —se dijo Iván— es un misterio.

Y el alma de los adolescentes también, porque Sacha se estaba levantando con furia para salir de la sala dando un portazo.

Iván se retiró en silencio. Tras la puerta cerrada, caminando de un lado a otro como si esperase la llegada de un hijo, volvió a la tarde en la que se separaran las amantes.

Cuando Natalia salió furiosa y sollozando, Lizaveta comenzó también a sollozar entre sus brazos, y allí, ante la bella desnuda, Iván no fue capaz de lanzar la pregunta que revoloteaba en su cerebro: ¿por qué, Lizaveta, por qué lo has hecho? ¿Por qué la hieres tan cruelmente?

Pero ella, como si hablara consigo misma, dijo:

—Así es mejor. No debe acompañarme. Iván, tú que has sido amigo nuestro, protégela, llévala a Londres con su esposo, con Nikólai. Él sabe mis razones y la acogerá. ¡Es tan débil! Yo he de regresar a Moscú. Algún día también tú me comprenderás.

Iván sentía aún los latigazos en la espalda y, sin poder contenerse, vapuleó a la mujer desnuda, le pegó y volvió a poseerla, sabiendo que para él nunca más habría placer lejos de la violencia, sabiendo también que no la vería nunca más.

—¿Por qué lo haces, Lizaveta? ¿Por qué la destrozas?

Dentro de la habitación, como un eco del pasado, Nikólai gritaba también:

—¿Por qué?

Cuando Iván abrió la puerta, estaba Nikólai de rodillas ante su mujer, quien, con la mirada baja, le acariciaba la cabeza, como si fuese un niño. Se sentía, en cierta medida, feliz. El hecho de que su esposa le hubiese abierto su corazón era una prueba de que ahora, por fin, era más fuerte que su amante.

—Entra, amigo —dijo—. Entra, Iván. Y perdónanos. Teníamos que hablar de tantas cosas... —Y sentose ante ella en el diván tomándole la mano, presa de un súbito arrepentimiento, preguntándose una vez más, después de tantos años, cómo era posible que un hombre de su educación, un liberal, hubiese podido actuar como inquisidor y verdugo de aquella infeliz mujer a quien entonces amaba y a quien —como habían demostrado sus paroxismos de celos— amaba todavía.

El rostro de ella estaba arrasado por las lágrimas.

—Gracias por acompañarla, Iván. Natalia se queda a vivir conmigo. Y tú, ¿quieres aceptar tú también mi hospitalidad?

# XI

# El eterno insatisfecho

Y pondrá la costumbre un peso sobre ti, pesado
como el hielo, hondo como la vida.

WORDSWORTH

Con un resto de prudencia, Iván Dolgorukov declinó la invitación
de su amigo. Alquiló una casa pequeña cerca de Nikólai, y dejó
tiempo a la pareja para reconciliarse.

No estaba mal en Londres. Por las noches solía pasearse por
las bulliciosas calles en busca de alguna muchacha o de la somnolencia algodonosa del opio, o de ambas cosas a la vez.

Había descubierto que las inglesas, a diferencia de las *cocottes*
francesas o las siervas rusas, disfrutaban con la violencia, y a su
flagelomanía respondió Iván con entusiasmo, recibiendo o despertando el dolor, todo ello por pocos chelines.

De todas formas, echaba de menos a Natalia. No se atrevía
casi a visitarla, ya que las reacciones de su marido eran imprede-
cibles, y más si no sabía qué historia le contaba ella cuando, por
las tardes, volvía a sentarse tras el bastidor a bordar, como cuando
era casi una niña y vivía en Moscú, en casa de su tía la princesa.

Natalia le enviaba a menudo billetes cariñosos, invitaciones a
cenar que incluían siempre el plural, «nos gustaría tanto verte»,

y Nikólai insistía en que colaborase con más entusiasmo en el periódico ya que él, le decía, estaba viejo y Europa «necesita sangre rusa para hacer la revolución».

A veces era Sacha quien se acercaba a su casa. Entonces él lo invitaba a jugar al *baccarat*, o se ponían juntos a enseñarle a hablar a un loro que Iván había hecho traer desde América y a quien llamó John Thompson Jr., porque se parecía increíblemente a su cochero. Pero el loro no era particularmente locuaz, y en dos meses solo habían logrado arrancarle algún monosílabo.

Y luego, cuando lo agotaba su inútil afán didáctico, cuando se aburría de repetir frases idiotas, se acercaba a Sacha y lo invitaba a acompañarlo en sus paseos por los burdeles. Entonces el muchacho se ponía rojo y se retiraba, para regresar a la mañana siguiente demasiado temprano, sacándolo de la cama de pésimo humor, maldormido y con resaca.

Que Sacha lo pasaba mal era evidente, pero Iván no se sentía capaz de interrogarlo, porque tampoco para él resultaba fácil hablar de Natalia, y eso es lo que el muchacho deseaba en silencio. ¿Qué podría decirle? Era Nikólai el responsable de conversar con su hijo.

Iván lo veía crecer no sin cierta preocupación. Aunque no era su hijo, estimaba a Sacha, y no le agradaban sus ataques de melancolía, su carácter rebelde a los consejos a la vez que puntilloso y escudriñador. Era desconfiado, demasiado inteligente para su edad, con grandes dotes para la música, pero dejado por completo a su libre albedrío. Iván tenía la impresión de que despreciaba al ser humano con la soberbia de los demasiado jóvenes y que pensaba que el mundo estaba habitado por granujas o por imbéciles. Esta actitud defendía sin duda al joven de su timidez, y lo hacía soñar con un sitio en el que refugiarse lejos del incesante diluvio de la tontería humana.

En todo caso, Sacha quería a esa especie de tío que era Iván, adoraba su *savoir vivre*, su desenfado, aunque no se resolvía a acompañarlo a los prostíbulos, en donde no había otra cosa que hacer que consumir, pagar y salir, cubriendo a una mujer con los mismos preámbulos que un toro a una vaca.

Así resolvía malamente su vida amorosa. Pues si bien en una orilla solo existían los lupanares, en la otra la imagen sublime de Natalia situaba muy alta —al menos en su imaginación— la casi inaccesible torre de las pasiones. Y el joven, desorientado y nervioso, vagaba entre la hipocondría y el *spleen*.

En cambio de Lizaveta le llegaban muy de tarde en tarde noticias a Iván. Sabía que se había unido finalmente a su marido para regresar a Moscú, y que ambos se habían alineado en la lucha contra el zar. Todo aquello le parecía ahora una locura, pero una locura que era como una loncha cortada en carne viva a la realidad. ¿Sabría Natalia algo de esto? En cualquier caso, no era Iván el indicado para contárselo.

Así, lejos de sus amigos, evitando incluso pensar en ellos, Iván recorría Londres de arriba abajo, para terminar a veces aburrido en la British Library, bajo la cúpula tremenda, consultando manuscritos, releyendo novelas antiguas. Luego regresaba andando hasta su casa, en donde el coche, a la vieja usanza de los señores rusos, permanecía siempre en la puerta.

Y así fue como una tarde, en la que una llovizna persistente nublaba Londres, se reencontró en las amplias escaleras con un hombre que corría evitando mojarse. Era Karl Marx.

Iván regresó a su casa pensativo. Una rara inquietud, un temblor extraño se adueñó de su cuerpo. Como tenía poca imaginación, lo adjudicó a cierto malestar febril, que lo retuvo en la cama durante algunos días con un pañuelo empapado en vinagre sobre la frente.

Como principal medicina tenía una botella de brandy sobre la mesilla, y pasó una semana leyendo o dormitando. Al llegar la noche, sus sueños se poblaban de angustiosas imágenes. Fue entonces cuando comenzó a tomar notas sobre los últimos años, y se dijo que algún día tendría que escribir aquello.

—El mundo está cambiando —se decía—. Ese hombre, ese Marx, dice cosas increíbles. ¡Qué viejo está! Parece cansado. ¡Oh, siglo terrible! Y yo, aquí estoy, solo y enfermo.

Con la autoconmiseración de los que aún no conocen los problemas, Iván dormitaba mientras la fiebre subía. Quince días más tarde estaba levantado y se asomaba a la ventana para ver cómo aparecía entre la niebla un turbio sol, cómo las nubes se llevaban la tormenta.

Ya estaba casi repuesto cuando una mañana Sacha golpeó a su puerta gritando.

—¡Nos ha dejado! —sollozó—. ¡Natalia se ha ido y mi padre está loco de pena! Hoy he escondido las armas que había en la casa temiendo lo peor. Le he dado unas gotas de láudano y está dormido, le ruego que venga a vernos. ¡Deprisa! Solo usted podrá calmarlo. Él confía... Él confía en usted. No tiene otro amigo... ¡Dios, qué dolor!

# XII

# La despedida

¡Corazón!, tú y yo estamos aquí, tristes y solos.

KEATS

Desde aquella terrible mañana han pasado quince años. Iván ya
es un viejo y el recuerdo de los días de convivencia de Natalia
con Nikólai le parece un interludio pacífico, un paréntesis en
medio del delirio, los segundos tensos que anteceden a la tormenta.

Iván rememora aquellos días y aún hoy le cuesta alejar de su
corazón la angustia con la que quedó marcado.

—Mi vida cambió entonces. ¡Quién me iba a decir que Sacha
terminaría siendo algo así como mi yerno! Sigue siendo un muchacho nervioso, y ahora, al conocer la noticia de la muerte de
Natalia, se ha encerrado en la sala de música para tocar con furia
el piano. ¡Qué lúgubre resuena la música en esta habitación vacía!
Annushka va a casarse con él y prepara las maletas para partir a
París. Y Natalia ya no está. ¡Ay, Natalia!

Y el loro repite su única frase:

—¡Ay, Natalia!

—Me quedaré solo —piensa Iván—, solo porque todas las
mujeres terminan dejándome, solo en esta isla que no conoce el

sol. Cuando Annushka se vaya habré roto por fin el último lazo que me ataba a Natalia. ¡Ah, el paso del tiempo! Ese desgaste imperceptible que sufren las cosas... Mejor es no pensar.

Mira la habitación: está repleta de baúles y paquetes. Allí mismo dormía Nikólai, hace tantos años; allí consoló a su amigo que vagaba por una especie de abismo doloroso que hacía sospechar que perdería la razón.

Desde que Natalia abandonó a Nikólai, Iván decidió mudarse a su casa, mientras se restablecía su amigo. Su estado no le permitía abandonarlo y pasó meses con él, meses de delirio, temiendo por su vida. Sacha sollozaba en su habitación, Nikólai llamaba a su esposa, y los días que pasaron juntos transcurrieron como un tormento sin fin, una dura prueba de la que solo salió airoso el loro.

Allí aprendió la única frase que repetiría durante el resto de su vida.

—¡Ay, Natalia!

Con Sacha poco se podía contar. En lugar de ocuparse de su padre, huía por las noches quién sabe adónde, luego se aislaba con su música, que no hacía otra cosa que dar un marco fúnebre a tanta tristeza.

—Siempre ha sido un muchacho nervioso y egoísta —se dice Iván—. ¿Haré bien entregándole a Annushka, permitiéndole que la lleve a París? Pero ¿acaso es posible contrariar la voluntad de una muchacha enamorada? Es hija de Natalia Petrovna, y nada la doblegará.

Mimina ha venido esa tarde con Dimitri a visitarlos. Está embarazada y hermosa, y exhibe a su marido como si fuese un trofeo.

—Pobrecilla. Dimitri es un niño también. ¿Podrá cuidar de los dos?

Iván está deprimido y todos sus pensamientos son penosos. Intenta reponerse.

—No, no debo dejarme llevar por la tristeza. Pero las despedidas siempre me traen el mismo recuerdo. Natalia. ¡Natalia! Han pasado tantos años... Sin que me diera cuenta, se me ha ido la vida.

En aquellos años ya lejanos, cuando Nikólai comprendió finalmente que no tenía más remedio que consolarse porque había perdido definitivamente a su mujer, Iván regresó a su vida monótona. Todas las tardes visitaba a su amigo, se interesaba por la marcha del periódico, y fue así como Nikólai fue delegando en él responsabilidades y con ello decayó también el entusiasmo por la política, que era lo último que lo mantenía vivo.

—Nada me queda, querido amigo —le decía—. Mi hijo ya es mayor, tú puedes hacerte cargo del periódico y yo... yo quiero regresar a París. Sé que me muero, Iván, solo me resta arrastrar una existencia sin sentido. Si pudiera volver atrás... ¡Me arrepiento de tantas cosas!

—Nikólai, no debes, no puedes estar así.

—Déjame, amigo. Ya es tarde: he cumplido con mi destino y no me queda nada por hacer. Mi rostro envejece y tengo poco cabello. Mi voz se ahueca y debilita... La vida ha pasado. Sí, amigo, se acaba mi tiempo. No importa cuánto tarde el final, la espera solo agravará mi agonía. Hay pocos como nosotros, y pronto moriremos. Ah, perdona, tú eres más joven. Mi mundo toca a su fin. Sí, Iván, no intentes consolarme. Todo se termina.

—¿Y Betsy? ¿Acaso has pensado en ella?

—Ella vivirá muy bien aunque yo desaparezca. En algún momento pensé que sería bueno que viviese en casa, pero luego llegó Natalia... Y todo fue diferente. No, no quiero recordar. Betsy es una muchacha animosa. Cuida de ella, Iván. Le regalaré una tienda, bien se la merece.

Pero, a pesar del ánimo pesimista, Nikólai ató firmemente los nudos para que el periódico prosiguiera. Marcharía a París con su hijo. Nada los retenía en Londres, solo recuerdos dolorosos, y la vieja casa de Hyde Park sería para Iván. Se la vendió por un precio irrisorio, y un día, bajo un cielo color tumba y con una lluvia persistente que evitaba todo sentimentalismo, Iván los despidió en el muelle, en donde un barco los llevaría al otro lado del canal. Y, mientras observaba la espalda de Nikólai alejándose en la bruma, comprendió que nunca más vería a su amigo.

Durante casi un año, Iván permaneció solo en Londres. Nada lo empujaba a regresar a Francia que, por otro lado, tampoco era su patria, y los recuerdos de París no le resultaban gratos, así que se dedicó a las mujeres, al periódico y a visitar a la buena de Betsy en su nueva pastelería. Su vida hubiera transcurrido en estos términos si no fuera porque un día, a las doce de la noche, sonó la campanilla de su puerta.

El mayordomo había salido. Iván se levantó del sillón en el que estaba fumando su pipa de opio y, asomándose a la ventana, vio entre la niebla más espesa la figura de una mujer, una hermosa figura que reconoció de inmediato, una figura cubierta por un chal en el que se agitaba una criatura.

# XIII

# Annushka

... ayer, entre las 6 y las 7 de la mañana, mi mujer ha tenido una bona fide traveller, desgraciadamente of de «sex» par excellence. Todo habría sido mejor de haber sido un varón.

Karl Marx

—¿Una niña?

—Sí, es una niña. Por eso hui de casa. Sé que Nikólai no hubiera podido soportarlo. No era justo, no lo era.

—¿Tú, Natalia, con un hombre? ¿Por qué lo has hecho?

—Oh, Iván. Tú no puedes comprender. Aquello empezó hace tanto tiempo... Yo no lo busqué, fue la desesperación, el dolor, y el deseo de desprenderme de Lizaveta. Aquel hombre, sí, yo lo había deseado cuando era joven, en París. Y me dije, ¿por qué no?, ¿por qué no intentarlo? ¡Cuántas veces he querido ser una mujer normal! Al principio me pareció sencillo. Él está casado, me dije, y no puede exigirme nada. Solo quiero saber qué me sucede en sus brazos. Y yo misma lo busqué.

—Natalia...

—No, no me interrumpas. Jamás he de contarte lo que sucedió entre los dos.

—Bebe un poco de brandy. Estás helada. Y no te preocupes. Vive conmigo una mujer rusa que está criando a su hija. Ella podrá alimentar a la pequeña. La llamaré.

Iván, nervioso, da vueltas por la habitación. Luego tira del cordón y hace sonar la campanilla.

—Y Nikólai, oh, yo no podía soportar a Nikólai, no podía soportar su amor: se había vuelto sumiso como un perro. Ya no era mi marido sino un hombre que se sentía culpable. Y Sacha, aquel muchacho nervioso que me seguía a todas partes... Fue mucho para mí, Iván, demasiado. Esta ciudad, el humo, la niebla, las chimeneas, las fábricas; los niños tiznados como demonios llevando antorchas que agitan a los pies de los caballos. Ha sido demasiado. ¡Todo es tan triste!

Natalia esconde la cara entre las manos y solloza. Una muchacha rusa de aspecto saludable ha entrado en la habitación y levanta a la niña.

—¡Qué criatura hermosa! Ea, démela, ¡ven, mi pequeña! Mimina, mi hija, estará encantada de tener a alguien con quien jugar. ¡Es tan aburrida una casa sin niños! ¡Qué bonita es! ¿Cómo se llama?

—Annushka.

Por encima de la mantilla, la niña agita sus puños. Está gorda y es hermosa. Da gritos de felicidad. Natalia coge el pañuelo que le tapa la cabeza y lo encierra en un puño, deja que la criada se la lleve sin decir una palabra. En la enorme chimenea el fuego crepita y clava las sombras de las dos mujeres en la pared. Iván toma a Natalia por la cintura, parece que va a desplomarse, la acompaña hasta un sillón.

—¿Y puedes decirme quién es su padre?

—La niña no tiene padre, Iván, no lo tendrá nunca. Él no la quiere. Pero a ti te diré su nombre, y quiero que ella lo sepa también: es hija de Marx.

—¡Natalia, qué has hecho!

—Soy rusa, y he cumplido con mi destino. Ahora debo pagar. He estado sola, Iván, y he pensado muchas cosas. He estado demasiado sola. Una tarde, poco después de que naciera la niña, tomé mi caballo y galopé durante horas por el campo. Había un sol rojo escondiéndose tras las montañas, un viento cálido y primoroso que no parecía de este país. Luego cayó la noche, y las sombras bajaron sobre los montes y los techos de un pueblo lejano. Cuando salió la luna revelando la serena palidez de las montañas, caí rendida sobre el césped y lloré: ya casi no tengo lágrimas.

—¿Y por qué no has venido antes?

—Iván, tú conoces mi historia. Conociste también a Lizaveta y tienes que ayudarme. No tengo otro amigo en el mundo.

—Natalia, ¿qué quieres decir? Claro que voy a ayudarte. Tú y la niña os quedáis a vivir conmigo. Esta casa es demasiado grande... Me casaré contigo, si quieres. Tu hija tendrá un nombre.

Blanca como el mármol, Natalia se irguió. Nada en el mundo podía ya conmoverla, había arrancado de su corazón todo sentimiento. Le tendió la mano a Iván, que conocía la respuesta antes de escucharla. Y, con la voz sin matices de los que sienten un gran dolor, dijo:

—Lo que quiero pedirte es más difícil aún, más penoso, y solo tú puedes hacerlo: voy a dejarte a mi pequeña. Quiero regresar a Rusia.

—¡Natalia!

—No intentes impedírmelo. Allá está nuestra lucha, allí está Lizaveta. No importa lo que me pase. No puedo vivir así. El nacimiento de mi hija solo hace más difíciles las cosas, pero no las cambia. Amigo, a eso he venido a tu casa: ¿quieres quedarte con ella?

Luego comenzó a caminar en círculos por la habitación.

—¡Es tan hermosa, tan alegre! ¡Oh, mi pobre hijita! Acéptala, Iván, te lo suplico.

Y la mujer se puso de rodillas.

Conmovido, Iván obligó a Natalia a levantarse y la sostuvo entre sus brazos. Era como sujetar un trozo de madera. Le acarició el pelo, la besó y, cuando sintió que sus lágrimas se mezclaban, se separó de ella. Pero al mirarla fijamente comprendió que solo él lloraba.

—¡Natalia, estás destruyéndote! —exclamó espantado.

La mujer se contuvo y, con una voz que estaba más allá de las lágrimas, susurró:

—Oh, Iván, no lo hagas aún más difícil. Si tú no la quieres, buscaré otro lugar para ella. Pero mi decisión está tomada. Tonta de mí. Pensé que entre los brazos de un hombre podría olvidar. Y ahora... ahora todo es peor. No creí que dolería tanto.

Por un momento pareció que iba a desplomarse. Pero se sobrepuso y, buscando en su bolsillo, sacó un pastillero adornado con miosotis y se lo entregó a Iván.

—Dáselo a la niña cuando sea mayor. Contiene un camafeo, y es lo único que tengo para ella. Annushka no te dará trabajo, es una niña sana y hermosa. Quédatela, Iván. Sé que contigo será feliz. Hazlo por nuestra amistad. Y cuando sea mayor, háblale de mí. Cuéntale cómo era la pobre mujer que fue su madre. Solo te pido una cosa: júrame que será una mujer libre.

Mientras gruesas lágrimas volvían a caer por las mejillas de Iván, levantó su mano derecha y, temblando de emoción, dijo las palabras más solemnes de su vida.

—Lo juro. Tu hija será mi hija: Annushka Ivanovna Dolgorukov. La acepto por el amor que te he tenido, por el que te tengo. Y ahora vete, Natalia, por lo que más quieras, vete deprisa, o no te dejaré partir.

Natalia estaba de pie.

Sin moverse, Iván la vio coger su abrigo, la mantilla en la que envolvía a la niña y al abrir la puerta un viento congelado empujó la llama de la chimenea apagando casi los leños. Después, cuando la puerta se cerró, el fuego se creció, bailando su alegre danza.

A través de los cristales Iván pudo ver por última vez a Natalia Petrovna perdiéndose en la niebla. La vio detenerse bajo un farol, darse la vuelta, sacar de su bolsillo el pañuelo que cubría la cabecita de la niña y besarlo; la vio temblar de dolor, acercarse el pañuelo al rostro para ahogar un sollozo, por un momento le pareció que iba a regresar. Tendió los brazos hacia la casa, luego se contuvo. Y hundiéndose en su abrigo retomó su camino, agobiados los hombros por el peso de la desgracia.

Nunca más oyó Iván hablar de ella. Nunca más.

Solo quince años más tarde le llegó una carta con la noticia de su muerte.

# Carta de Natalia Petrovna a su hija, Annushka Ivanovna Dolgorukov

Ah, ¿por qué no naciste varón?

Olga Libiátovich

Penal de Kara, Siberia oriental,
invierno de 1880

Hija querida:

Cuando recibas esta carta ya estaré muerta. Muerto estará también Nikólai Vslelódovich, mi marido, así pues, no quedan testigos de esta historia y puedo hablar.

Me habrás buscado tal vez al conocer tu origen, porque yo le pedí a mi querido Iván Dolgorukov que, cuando considerara que tenías el discernimiento suficiente, no te ocultara la verdad.

Hace un frío tremendo aquí en el penal; por la mañana se forma escarcha bajo el colchón de paja, y las paredes de la celda amanecen cubiertas por una gruesa capa de hielo. Solo tenemos dos estufas en el corredor, y moriríamos si se apagaran.

Mis días se terminan, lo sé. Toso mucho, y ni siquiera Lizaveta logra hacerme olvidar la enfermedad que terminará conmigo. Lo siento por ella, que se queda sola, y también por ti, en algún momento abrigué la esperanza de que llegaras a quererme.

Te escribo sobre una larga mesa de madera donde trabajamos durante las pocas horas de luz que nos deja el invierno, amasamos nuestro pan, cocinamos. Mientras tanto, alguien pela patatas en una esquina, o lava la ropa, o conversa. Esta noche tenemos pensado encender el samovar, y eso basta para llenar nuestra lóbrega prisión de un clima de fiesta.

Es difícil concentrarme en medio del bullicio. No nos dejan tener velas y antes de que caiga el sol quisiera terminar esta carta. Tampoco de día tenemos mucha luz, porque las pocas ventanas están a la altura del techo, como en los establos de las haciendas pobres. Durante esas horas oscuras pienso muchas veces en ti, y no me arrepiento de haberte abandonado. Hice lo que cualquier mujer en mi situación hubiera hecho: ofrecerte una vida alejada de tanta miseria.

No te entristezcas. Cuando leas esta carta ya habré dejado de sufrir. Mientras tanto, dos placeres convierten mi vida en más llevadera: los libros y la prensa que un cosaco nos trae una vez por mes y que hacen que no parezca tan absurda nuestra existencia. Y Lizaveta.

Tal vez algún día sea libre nuestra patria. Un mundo más justo nos espera, hija mía, y yo te he abandonado para poder construirlo. El día en que llegue la victoria sé que me comprenderás.

Pero dejemos ya las tristezas, solo quiero que sepas qué fue de tu madre desde que te dejó en Londres para que, comprendiendo mi historia, puedas recibir mi legado.

No hubiera sido posible otra elección. El destino me hizo vivir una época cruel y, al elegir, un trozo de mí misma quedó muerto para siempre. Pero, a mi manera, he sido feliz.

También yo fui abandonada de joven y este hecho —al parecer adverso— hizo que aprendiera a no dejarme dominar. A veces es necesaria la soledad para comprender cuán precaria es nuestra existencia, cómo debe ser de independiente si deseamos ser libres.

Te llamará la atención que aquí, en una de las cárceles más duras de Rusia, te hable yo de libertad. Hija mía, la libertad es un estado del alma, y ese recóndito espacio no puede ser avasallado por la prisión más cruel. Incluso cuando me casé, siendo casi una niña, con un hombre que me doblaba la edad, sabía que en el fondo él era un instrumento para alejarme de una existencia que yo no había elegido. Aun ahora, mientras espero la muerte en esta tumba que es Kara, permanezco indómita en mi interior.

No he de negar que Nikólai Vslelódovich era un buen hombre, pero nunca fue un marido para mí; tal vez un padre. Mi deuda con él está saldada: yo cuidé de Sacha, su hijo, un adolescente torturado, como si fuera mío, como tantas veces Nikólai cuidara de mí. Fui para él la madre que para ti no sería.

Entre tantas otras cosas, algunas muy amargas, me enseñó Nikólai a luchar por un país libre. Y luego vino Lizaveta.

En algún momento pensé que debía hacerme perdonar la pasión que sentía por ella. No es normal, me decía, no es normal entregarse a los abrazos de una mujer. Pero ¿qué es lo normal? ¿Entregarse a un hombre a quien no deseas? ¡Como si el amor fuera solo la legítima unión de los cuerpos!

Nunca ocultamos nuestras relaciones. A pesar de los conflictos que en algún momento me acarrearon, he sido con ella intensamente feliz. Pero déjame contarte cómo he llegado hasta aquí.

Hace quince años te entregué en Londres a los brazos de Iván Dolgorukov, mi más querido amigo, quien, por su notable afición a las mujeres, habría de encontrarte sin duda una madre sustituta.

Yo sabía ya que Lizaveta estaba casada con el príncipe Grachevsky, lo supe desde el principio, y que había marchado hacia Zúrich para encontrarse con él. Para entonces, también yo sabía que mi meta era Rusia y la lucha larga: dentro de mi corazón, presentía que no me sería dado ver el final.

¡Ah, si hubiese nacido varón, me decía tantas veces, mi renuncia hubiera sido menos dura!

Años hacía que no estaba con Lizaveta cuando llegué a Zúrich. Allí deseaba hacer algunos estudios, ya que no hubiera sido razonable regresar a la patria con una cultura superficial como la mía, y tampoco lo era pretender incorporarme a la revolución como una campesina. Tanto tiempo de vida inútil se refleja en unas manos demasiado blancas, en un cutis no maculado por el sol. Siempre he deseado ayudar a los demás, y decidí que emprendería estudios de medicina.

Eran tan hermosos mis planes que poco a poco pude mitigar el dolor de dejarte, la lejanía de Lizaveta. El carácter bondadoso de tu protector me hacía suponer que crecías sana e independiente, adaptándote a las madres que él te ofrecería.

—Solo te pido que le enseñes a ser libre —le había suplicado yo.

¡Qué tiempos aquellos, en que los tres compartíamos la vida! ¡Qué jóvenes éramos y qué lejos están!

Hija mía: avanza la oscuridad y yo aún no he comenzado mi historia, así que abandonaré todo aquello que el mismo Iván pueda suplir con su relato.

Al promediar el verano llegué a Zúrich dispuesta a inscribirme en la universidad. Tarde iniciaba yo mis estudios, y aunque mis potenciales compañeras serían mucho más jóvenes que yo, no podía dejar de sentirme intimidada. Luché contra ese sentimiento tan arraigado durante todo el viaje en tren, y lo abandoné totalmente cuando las conocí.

Las mujeres que por aquel entonces poblaban las aulas eran en su mayoría jóvenes procedentes de familias ricas que habían decidido dedicarse a la lucha política. Bulliciosas y vivaces, dedicaban las horas que les dejaba el estudio a formarse en otras disciplinas, y puedo decir que incluso les fui útil traduciendo libros que hasta entonces no eran accesibles a las rusas. Éramos todas radicales y, alejadas algunas de nuestro país durante décadas, nos resultaba fácil tramar revoluciones que tal vez fueran imposibles de llevar a la realidad. Admirábamos a Marat, a Robespierre, a todos los extremistas, y veíamos la lucha armada como el único camino que nos llevaría a la victoria. No discutíamos, nuestros entusiasmos resultaban unánimes: nadie dudaba que un día llegaría la revolución.

La historia se cuenta deprisa, pero transcurre despacio. Así pasaron los primeros años, en los que casi no dormía para atender a la par las necesidades de mis compañeras y mis estudios.

Cierta mañana, recibí al despertar la prensa de mi país y pude leer que las mujeres que estudiábamos en Zúrich debíamos regresar inmediatamente a nuestra tierra, bajo riesgo de que nuestros títulos fueran invalidados. Podrás imaginar mi decepción: todo el esfuerzo había sido inútil. Pero las mentes jóvenes de mis compañeras pronto vieron las fisuras del decreto, que no les impedía estudiar en otras universidades, así que muchas optaron por cambiar de ciudad.

Yo era mayor que ellas y estaba cansada. Así pues decidí regresar, ya que con los estudios que había cursado bien podía lograr el título de *faldsher*,* e integrarme de ese modo a la vida de los campesinos.

* «Paramédico». Título menor dentro de la carrera de Medicina.

Mi decisión se vio subrayada cuando, de paso por Ginebra, oí casualmente en el café Gressot, donde solían reunirse los exiliados rusos, esta conversación:

—¿Sabes que Lizaveta Zosimov y su marido se han unido a Tierra y Libertad?

—¿Cómo? ¿Todavía no están en la cárcel?

—El príncipe Tstsiánov les ha hecho nuevos pasaportes y aún resisten, pero tienen a toda la policía en los talones. Poco tiempo les queda a los pobres.

—Hemos nacido, tenemos que morir. Que la suerte los proteja.

Imaginarás cómo latió mi corazón: aquella misma tarde decidí mi destino.

Hija querida: ya la penumbra avanza y me impide continuar escribiendo. Me encaramo hasta la ventana y entre las lomas oscuras y densamente arboladas puedo ver el paisaje que nos rodea, cercado de montañas salvajes que convierten en imposible la huida. Todo el vasto mundo está más allá, aislado por esas montañas sombrías y el bosque que ha envejecido en su aislamiento primitivo.

Esta noche, como tantas otras, dormiré rodeada por los brazos de Lizaveta, que teme que el frío me lleve. Viendo la proximidad de mi fin, las camaradas nos han cedido una celda al final del pasillo, oscura y helada, pero en la que podemos contar con cierta intimidad. ¿Podrás creerme que aún hoy, cuando somos dos mujeres casi viejas, cuando la adversidad debería haber destrozado nuestros cuerpos, aún hoy nos invade el deseo? ¡Ah, cómo muerde mi cuerpo la pasión!

—Qué hermosa eres, Natalia —me dice, y yo sé que nuestro amor se nutre de recuerdos. Su mano rebusca entre los pobres harapos y me acaricia y yo siento durante unos segundos cómo la savia de la vida vuelve.

—¿Me perdonas?

Lloro cuando me hace esta pregunta. No quiero que se sienta culpable.

—Lizaveta, deja que al final de mi vida sea yo misma. No te hagas responsable de mis decisiones. Ya soy mayor.

—Nunca serás mayor para mí. Todavía te veo vestida de blanco en casa de Annenkov. ¿Recuerdas?

—Ah, Lizaveta, qué corta se me ha hecho la vida para quererte. Tienes que escapar de aquí, Lizaveta, tú aún puedes. No estás enferma.

—Duerme, Natalia, duerme. Duerme y sueña que no estamos aquí. Pero bebe antes un poco de té. Está caliente y te reanimará. Somos rusas y este era nuestro destino; pero nadie puede vaciarnos de recuerdos. Duerme. Deja que acaricie tu rubia cabellera. Deja que te peine.

—Lizaveta. Ya tengo el pelo blanco, ¿qué dices?

Pero esto solo lo pienso, y callo: no quiero destrozar sus sueños.

Cuando nos besamos, el hielo que cubre nuestras paredes debiera derretirse de piedad, pero ni siquiera la naturaleza se conmueve en este sitio terrible. Quiera mi destino que mañana pueda continuar esta carta. Adiós, hija mía.

# Carta de Lizaveta Zosimov
# a Annushka Ivanovna Dolgorukov

Annushka:

Hoy de madrugada ha muerto tu madre entre mis brazos. Esa mujer para ti desconocida que fue mi amante yace ahora, quieta en el alba espantosa y gris, en nuestro mísero colchón. Pronto vendrán los cosacos a llevársela y nunca más la volveré a ver.

Antes de que su alma vuele, antes de que el pobre cuerpo sea polvo entre el polvo o leyenda, quiero decirte que si continúo esta carta es porque ella en su agonía me lo rogó.

Has de saber, hija —porque permitirás que te llame así—, has de saber que este rostro demacrado fue el de la mujer más hermosa de París, el de la tímida y apasionada Natalia Petrovna que una noche, hace ya casi treinta años, encontró el amor entre mis brazos.

Nunca la abandoné, hube simplemente de dejarla cuando mi marido, el príncipe Grachevsky, cayó en prisión y solo contaba conmigo para liberarlo. Yo temía su fanatismo, que lo llevara tantas veces a anteponer el deseo de venganza al de justicia, y estaba por ello separada de él desde hacía tiempo.

Pero tu madre no sabía nada de esto. ¡Oh, cómo sufrí entonces cuando, por el secreto que debe envolver la vida de los revolucionarios, no pude contarle la verdad, y debí mentir diciendo que viajaba a Zúrich solo para encontrarme con él! Fui cruel con ella, debí ser cruel. Y fui cruel también con nuestro amigo, Iván Dolgorukov, a quien arrastré con mi desesperación entregándole un cuerpo que ya no me pertenecía porque estaba muerto para el deseo. Pero no, no quiero recordar aquel momento: cuanto más firmes son las cadenas más cuesta romperlas.

Natalia, aunque conocía vagamente nuestras actividades, me supuso enamorada de otro, lejana de su cuerpo cuando hube de abandonarla, sin saber que mi mente escapaba todas las noches hacia París, hacia el lugar en donde nos habíamos amado.

Diez años sin verla, diez años temblando de deseo. ¿Otros amores? Los hubo, claro, pero cómo decirte que siempre le fui fiel, que quien ocupara mi lecho no era más que la fútil sombra de su cuerpo estremecido tantas veces entre mis brazos.

¡Ah!, ¡este pobre despojo menguado por el dolor, muerto sin conocer toda la verdad! Pues ¿para qué apenarla? Preferí fingir una pasión que no sentía, inventar una reconciliación con mi marido, antes que arrastrarla conmigo al duro destino de los que regresábamos a Rusia, ya que sin duda hubiera deseado seguirme. Pero todo ha sido inútil, ella yace también.

¿Por qué no susurré a su oído la verdad? ¿Qué tonta reserva me impidió hacerlo?

Annushka, a ti te lo puedo decir: la vida de los revolucionarios no se cuenta por años sino por días y por horas, y ¿quién podía saber si en el futuro la información que yo diera a tu madre no se podía volver en su contra, o poner en peligro a otros camaradas? No hay en nuestro mundo mayor piedad que el silencio.

Hace unos años, cuando aún estaba con vida mi marido, la volví a encontrar en Moscú. Llegó a una reunión de Tierra y Libertad ataviada con un sencillo vestido negro de cuello alto, exactamente el tipo de traje que una nihilista hubiera usado en un día de fiesta.

Había actuado ya en varios atentados y su fama había llegado hasta mí. Una mujer decidida y valerosa, me decían. Yo, que la conocía bien, podía imaginar su sufrimiento, sus vacilaciones a la hora de empuñar un arma para participar en cualquier acción terrorista.

Porque, a pesar de todo, de lo que puedan decir de ella, tu madre nunca fue una mujer violenta; odiaba la sangre y, de haber visto cualquier otra salida que no la implicara, la hubiera elegido sin dudar. Pero la historia ha sido cruel con nosotras: tal vez el tiempo justifique nuestras acciones. Terminaba el año, y un día más tarde yo debía atentar contra el gobernador, que había mandado azotar a uno de los nuestros.

¡Oh!, cuando la vi: ¡su pelo, su hermosa cabellera!

Natalia la había cortado para no llamar la atención. Un sencillo moño en la nuca era todo el adorno que se permitía la mujer que sedujera a medio París.

Era Nochevieja. Natalia, blanca como un papel, se sentó frente a mí, y entre las dos era terrible la tensión: ella no lograba sobreponerse a nuestro encuentro inesperado y no dejaba de mirarme; sus ojos, azules y fijos, me transportaban a otro lugar, y ya no me era posible escuchar a los camaradas. De pronto, alguien propuso un brindis.

—¡Que esta copa sea la última que bebamos en la esclavitud!

Sobre la mesa redonda, situada en el centro de la habitación, se dispuso una sopera llena de trozos de azúcar, limón y especias, donde vertimos vino. Temblaban las manos de Natalia cuando encendimos el ron y apagamos las velas. En la semipenumbra vi brillar en sus ojos una lágrima, ¡en sus amados ojos!, y simulando coger un vaso me situé a su vera, atraída como una polilla hacia la luz.

Nuestros cuerpos se rozaban, mientras la habitación iba transformándose mágicamente a medida que danzaba la llama en la sopera, dibujando nuestras siluetas en la pared. Y yo aproveché la oscuridad para asir su mano, que estaba fría, la sentí temblar como la primera noche en casa de Paul Annenkov, blanca, tan bella, vestida de tul, la sentí palpitar cuando la llama se inflamaba y extendía, iluminando los rostros adustos de los hombres que se habían congregado en derredor, como adorando la guerra.

Alguien trajo una daga y Natalia musitó:

—Debiste haberme matado antes que abandonarme. ¿Por qué no me dijiste la verdad? ¡Oh, Lizaveta, no puedo soportarlo!

Otro hombre sacó su puñal, y luego otro más. Colocaron los cuchillos atravesados sobre la sopera; luego, quedo al principio, con vehemencia después, irrumpieron con una pujante melodía ucraniana.

Avanzaba la música y se crecía, incorporando nuevas voces, y yo aproveché la algarabía general para asirla por la cintura: vibraba, ávida de mí. No había pasado el tiempo: otra vez Natalia estaba entre mis brazos. El deseo de acariciarla era terrible mientras subía el fragor de la canción. Por un segundo, nos presentimos desnudas.

Trémula brillaba la llama, se encendía con un resplandor rojizo, como si estuviera templando nuestras almas para el amor, la batalla y el miedo.

Annushka, tú no sabes qué cerca del miedo está la pasión, cómo la muerte se imbrica con la vida cuando se juega todo a una sola carta. Mañana yo estaría en prisión, o muerta quizá, ¿por qué no aferrarme ahora a lo que sentía? Qué portentoso suplicio: solo puede hablar de la pasión quien haya amado al filo de la muerte.

Cuando la noche terminó partimos en silencio; de a dos, para no llamar la atención. Nosotras íbamos juntas, todavía sin hablar, y al llegar a una fría esquina hundí a Natalia en un zaguán para besarla. Mañana... Qué importaba lo que sucediera mañana. Sus labios, sus besos...

—Ámame —dijo—. Ámame ahora. —Temblaba.

Quitándome los guantes desabroché su abrigo con premura, el vestido negro, entre telas rústicas encontré ese aroma tantas veces anhelado en la distancia.

Como antes, como siempre, Natalia me dejó hacer: estaba llorando y me quemaba su piel.

—Quiero morir, Lizaveta, quiero morir ya mismo.

Rebullía entre mis manos, jadeaba exultante su deseo contenido.

—Mátame. —Y sacó el revólver que llevaba en su bolsillo.

Conteniendo mis propias lágrimas intenté hacer que callara.

—Natalia, no hables, no me avergüences.

Después nos amamos con violencia, como solo osan amarse los que van a morir.

A lo lejos, escuchamos el golpear de los cascos de un caballo sobre el empedrado de la calle. Yo me sentía como una astilla indefensa arrojada a un intensísimo incendio, pero debía escapar. Los guardias estaban patrullando todas las calles, todas las casas. El mundo que nos rodeaba comenzaba a desplomarse.

Con el final del año una serie de arrestos había diezmado nuestras fuerzas. Como una piedra que rueda montaña abajo caían sobre nosotros, aplastándonos, haciéndonos añicos, acercándonos a la nada. Teníamos que huir.

—Natalia...

La dejé sola y la oí sollozar, mientras yo corría, sollozando también, por las calles desiertas.

Volvimos a encontrarnos meses después en Kara. Volvió a unirnos nuestro destino tenaz.

A la mañana siguiente, después de haber abandonado a Natalia sola en la calle, con el alma herida, yo debía atentar contra el gobernador.

No tenía miedo: Natalia me había vaciado de todo deseo de vivir, si es que podía llamarse vida a esa especie de limbo doloroso en que habitaba, así que decidí terminar lo antes posible.

¿Para qué contar los pormenores, que por todos son sabidos? Una vez que disparé el revólver, cayeron sobre mí. Esperaba los golpes, y solo sentí dolor cuando esa noche me encerraron en una celda. Alguien preguntaba al guardián:

—¿Están golpeándola?

—Parece que ya la mataron —oí que contestaban.

Era como si todo estuviera sucediendo lejos de mí, a otra persona.

Puedo decir que tuve suerte cuando me destinaron a Kara. Aquí encontré a tu madre.

Hija querida, espero que entiendas lo íntimo de estas confidencias, pero creo que el amor que sentí por tu madre no merece censuras. Ya serás mayor, y podrás comprendernos, si es verdad que nuestro buen amigo Iván Dolgorukov te educó con libertad.

Ahora el frío se alza con un sol que no calienta siquiera los pocos minutos que aún estaremos juntas. Lloran las reclusas en silencio —algunas son casi unas niñas— mientras la débil luz se filtra por el ventanuco de la celda. Lloran por tu madre, que yace entre nosotras, y lloran de miedo. ¿Quién será la próxima? Alguien entona suavemente una canción, una antigua melopea popular: parece una canción de cuna.

He de decirte que hace seis meses también murió mi marido, preso desde hace años. Así pues, me he quedado sola en el mundo.

Pero no me quejo, yo no estoy sola, oigo, entre estas frías paredes, sonar la música. Danza tu madre vestida de blanco, danza en la noche que morirá en la roja aurora, cómo ríe y gira, qué joven es, y cómo la deseo. Danza, Natalia, libera tu pelo sujeto apenas con un ramo de violetas que pronto descansará en el búcaro de mi habitación. Danza, Natalia, mientras entran los cosacos en la celda y se llevan ese cuerpo que ya no eres tú: yo acogeré tu cintura, tu pecho de niña menguado en esta prisión, baila entre mis brazos, escapa del horror. Las reclusas en silencio doblan el colchón miserable y vacío. Algunas están rezando.

Annushka, es posible que no vuelvas a oír hablar nunca más de Lizaveta Zosimov. No sé hacia dónde me arrastrará la suerte, pero mi lugar está aquí, hasta que rompamos las cadenas que aún nos tienen en prisión: tu madre no habrá muerto en vano.

Quiera el cielo que haya tenido la hija que siempre imaginó.

No la llores, Annushka, no la llores: ella descansa en paz, blanca, bajo la nieve. Bajo la nieve duerme y sueña Natalia Petrovna.

LIZAVETA ZOSIMOV[*]

[*] Dos años más tarde, Lizaveta Zosimov huyó de Siberia, luego de haber mantenido una lucha sin cuartel contra las autoridades: huelgas de hambre, dos intentos de fuga, un intento de suicidio para llamar la atención sobre las condiciones de la cárcel, un ataque con cuchillo contra un funcionario de la prisión que había infligido castigos corporales a una de las camaradas reclusas.

Exiliada en Ginebra, se incorporó más tarde al Partido Social Demócrata del Trabajo ruso y cumplió funciones en la junta editorial de *Iskra*, el periódico del partido. Cuando este se escindió, en 1903, se unió a los mencheviques.

Después de la revolución de 1905, Lizaveta Zosimov regresó a Rusia, donde se mantuvo con traducciones. En 1917 era demasiado anciana para tomar parte en la revolución, y murió dos años más tarde, a la edad de ochenta y cinco años.

TERCERA PARTE

# París, 1922

No lloró entonces. Había escuchado las explicaciones de aquel hombre con la sensación de que todo era un sueño.

—¿Puedo ver su tumba?

—Nunca encontramos el cuerpo. Sucedió en la nieve y fue terrible. Solo semanas más tarde, el equipo de rescate dio con el avión carbonizado.

—Su hija era una aviadora experta. Además, la máquina había sido revisada ese mismo día. No podemos explicarlo... Acepte nuestras condolencias.

No. No era un sueño el viaje ni la muerte de su hija, ni tampoco era irreal la silueta de París que se dibujaba a lo lejos bailoteando entre el campo ondulado y que aparecía y desaparecía en cada curva. Mientras conduce a toda velocidad su Citroën, piensa que la muerte de quien vive lejos carece de gravidez.

Atrás queda el océano siempre igual, las estrías sobre el agua azul divisadas desde la tumbona cuando el sol se clavaba en el cielo durante semanas, las costas de España, El Havre por fin. Y más lejos, más allá de la monotonía insoportable del viaje, Nueva York, una ciudad que comparada con París parecía oscura, el barco que retrocedía lentamente para entrar en el río Hudson.

Odiaba viajar en barco. Demasiado tiempo para pensar, si no se participaba en los juegos de a bordo o en los encuentros furtivos en los camarotes, en los bailes o las cenas con el capitán. Y ella no quería pensar, menos en cosas tristes.

Ya las primeras casas de los alrededores de la ciudad avanzan sobre la carretera y tiene que disminuir la marcha. Un sinfín de ciclistas se cruza con coches multicolores, con vendedores ambulantes que vocean mercancías desde sus carretas. Enfila hacia el centro y frena para evitar a un peatón:

—¡A ver, madame! ¡Mujeres al volante, qué atrocidad!

—¡Cretino!

Encasquetándose el sombrerito apaga el cigarrillo con furia. Es mejor calmarse, esa tarde va a necesitar todas sus energías.

Cuando aparca en Place Vendôme se queda quieta unos segundos. Apoyada en el volante, la frente sobre las manos, vacila, pero enseguida se alisa el pelo que acaba de cortarse *à la garçonne* y, con la seguridad de las mujeres que han sido muy hermosas en su juventud y que aún son ricas, desciende para atravesar el enorme portal. Se detiene otra vez, ahora para acomodarse el *foulard*, y se mira de reojo en el gran espejo de la escalera. No, no estaba mal: la piel bronceada por el sol, el vientre liso, las piernas depiladas bajo las medias de seda. Para sus cincuenta años —quién lo hubiera adivinado— no estaba nada mal.

Mientras el *valet* la conducía oyó el piano. En la oscuridad de la sala un joven rubio, reclinado sobre una *chaise-longue*, leía una revista de modas. Era bello y estaba semidesnudo, cubierto apenas por una bata oriental. Al verla se cerró la bata y se puso lentamente en pie. Se quedó mirándola.

—Quiero ver a Sacha Nikólaievich. Haga usted el favor de anunciarme.

—No puedo molestar al señor. —Y subrayó la palabra «señor», marcando la distancia como si la intrusa fuese indigna de pronunciar aquel nombre.

—Y yo no puedo esperar. Dígale que ha llegado su mujer.

Hubo unos minutos de silencio en los que el joven encajó el golpe. Controló su asombro y, señalándole un sillón, dijo:

—Imposible molestarlo, *gnädige Frau*, nuestro Sacha está tocando el piano. —Estiró los labios en algo que pretendía ser una sonrisa, pero que se parecía más a una mueca de crueldad. Volvió a sentarse y a tomar la revista, dándole la espalda, mientras ella continuaba de pie. «Nuestro Sacha» flotaba en el aire mezclándose con la música del piano, como una mosca desagradable y pesada.

—Dígale también que su hija ha muerto. Y por favor, si le queda un ápice de educación, póngase de pie.

El joven, ahora desbordado por las novedades, se levantó, se ajustó el cinturón de la bata hasta marcarse las caderas y el brillo plateado de la seda se perdió contoneándose por el pasillo oscuro. A los pocos segundos cesó la música.

Sola en la gran sala, ella recordaba su vida allí.

—Por qué demonios me casé con este imbécil —se dijo, mientras recorría con ojos críticos la decoración oriental, los espejos y cuadros que atiborraban las paredes, los tapices.

Regresó el joven, con gesto servil le señaló una puerta. Se detuvo para que él la abriera, con la curiosa sensación de que el joven parecía nacido para ser un criado. Ahora no podría retroceder ni reprimir cierto nerviosismo. Al fin y al cabo era normal: hacía más de veinte años que no veía a su marido.

Sacha la esperaba tamborileando sobre el cristal de la ventana con aire inquieto. Se dio la vuelta, y Annushka por fin pudo verlo. El tiempo lo había empequeñecido, había derrumbado un rostro que había sido hermoso y que aún guardaba cierta exuberancia meridional. Poco quedaba del joven del que se enamorara en Londres, con el que llegara a París: ahora ambos cuerpos se superponían en el recuerdo de Annushka y por un momento sintió compasión. Tampoco él iba vestido, y entre los pliegues de su bata abierta asomaba un pecho delgado, de viejo, que no retenía su antigua firmeza. Levantó su mano cuajada de sortijas con piedras que le parecieron perversas y la saludó en el aire. Annushka reconoció el zafiro de Sacha, un anillo que él había heredado de su padre y que le evocaba su vida en Londres. Recordó también un magnífico ópalo negro que le había regalado Iván Dolgorukov para la boda. El recuerdo de *papasha* la enterneció. ¡Cuánto tiempo había pasado!

—¿Dónde estará el ópalo? —se dijo. Pero, al fin y al cabo, ¿qué importancia tenía una sortija en esta situación?

—Annushka, ¡han pasado tantos años! Ven, siéntate. Tu visita me sorprende. Hans, tráenos algo para beber.

El joven fue hacia la puerta y ella comprendió que él no deseaba presentarlos, los modales exquisitos de su marido vetaban todo acercamiento, algo en la relación entre ambos hombres sugería vejación. Cuando Hans desapareció, ella supo que había conseguido su propósito: estaba desconcertado.

—Tú dirás.

Detrás del escritorio en donde se había apoltronado Sacha pendía un enorme retrato pintado al óleo: era Natalia Petrovna vestida de amazona.

—Nuestra hija ha muerto.

—¿Nuestra hija?

Conteniendo el impulso de abofetearlo, continuó. No en vano había aprendido los rígidos modales victorianos, aquella máscara social era útil para ocultar sus emociones.

—Sí, nuestra hija. Murió hace dos meses en un accidente de aviación. Ya sé que ella nunca te importó, pero debemos solucionar algunos papeles.

—¿Quieres más dinero, Annushka? ¿Ya has malgastado la fortuna que te dejó Iván Dolgorukov? ¡Nuestra hija! ¿Quién puede asegurar que es mía? ¡Todo París podría ser su padre!

Hans regresó a la habitación con una bandeja en la que traía una botella de oporto y solamente dos vasos. Después se sentó al piano e hizo sonar algunas notas. Levantando los ojos, Sacha lo miró. Durante unos segundos pareció oscilar entre la amonestación y la sonrisa, pero finalmente se acercó a él y se apoyó contra su espalda sin prestar atención a su mujer. Luego, mirándola fijamente, lo besó en la boca.

—Hans, querido, déjanos conversar. —Le cogió una mano y se la besó también. Ahora era el joven el que parecía displicente, se levantó del piano y fue a tumbarse en una otomana.

—¡Oh, Sacha, me aburro tanto!

—Es solo un momento, querido... Annushka, ya ves que estoy ocupado: no voy a discutir. Me agota todo esto. ¿Qué quieres? ¿Dinero? ¡Tengo más del que podría gastar aunque viviera cien años! Dime cuánto quieres y vete de una vez. Me duele la cabeza. Me duele horriblemente la cabeza. Mañana hablo con mi abogado y solucionamos tus pequeñas cuentas.

Volvió a sentarse.

—Y ahora, querida —dijo, con un nuevo revoloteo de sortijas—, cuéntame, ¿cómo está Nueva York? ¿Piensas quedarte en París?

—Nat ha muerto.

—¡Nat! ¡Qué nombre tan absurdo! Solo los americanos pueden hacer semejantes estropicios con el lenguaje.

—Natalia, Sacha, se llamaba Natalia. Bien sabes que la llamé así en recuerdo de mi madre.

—¡Tu madre! *Ma pauvre chérie.* ¡Si ni siquiera la conociste! Ella solo me quiso a mí. Para mí sí que fue una madre.

—Oh, Sacha, no volvamos sobre el pasado. Tú conoces la historia. Sabes que esa mujer no te dio a luz. Sabes también que si ella estuvo contigo fue solamente para saldar las cuentas con su marido. No sé para qué te recuerdo todas estas cosas: estás ciego. Anda, quédate con tu Hans. Yo me voy. Mañana pasaré por tu abogado. ¡Pobre Sacha! Te has convertido en una momia. ¡Tú y tu jovencito! Ya no me importas, no me puedes herir. Invéntate una madre, abandona a una hija. Total, ¿qué más da? Es el destino de las mujeres de mi familia. A Nat le importabas poco. Así son las cosas. No, por favor, no me acompañes, no hace falta, conozco bien la casa.

Ya en el coche, Annushka golpeó con fuerza el volante.

Estaba furiosa, pero nunca le daría a su marido la satisfacción de verla derrotada. La vieja herida, como una enfermedad secreta, separó los labios. Se caló los guantes y se bajó el velo.

—Un noble decadente y un alemán joven: vaya porvenir para Europa. Nos esperan malos tiempos.

Puso el motor en marcha y se alejó de la casa.

Espiando tras los espesos cortinajes, Sacha observó cómo partía su mujer. La vio golpear el volante con furia, encasquetarse aún más ese absurdo sombrerito *cloche* tan a la moda y detenerse pensativa un instante. Luego, cuando el coche se puso en marcha, se sintió vacío, como si con el golpeteo del motor se alejara también su corazón.

Aún no salía de su sorpresa. Si bien había disfrazado sus sentimientos bajo la cáscara de la displicencia, ahora los recuerdos se arremolinaban. Cuando el coche es apenas un punto a lo lejos, siente que ha perdido su última oportunidad de saldar sus cuentas con el pasado.

Y ve a Annushka otra vez bajo la parra roja de otoño de aquel cenador de Londres, ¿cuántos años atrás?, la ve correr bajo la lluvia, revive su propio miedo, el respeto sagrado que le inspiraban las hembras. Y luego, la desnudez apabullante de la muchacha...

Fue entonces cuando le cortó los lazos del corsé —un corsé que ella no utilizaría nunca más—, enredándose en el polisón, los encajes, la fina batista, las enaguas de crinolina. Por fin había deshecho sus trenzas, ese cabello hermoso que le recordaba el de su madre.

¿Qué fue lo que pasó con aquella mujer? ¿Qué había sucedido con Annushka durante todo ese tiempo? Debía de tener cerca de cincuenta años, aunque estaba espléndida. ¿Dónde había quedado su largo cabello, sus ropas voluptuosas, la suntuosidad de la seda?

Iba casi desnuda, las faldas cortas y ceñidas, las piernas a la vista: una mujer moderna, fácil de desnudar.

—Fue la primera, la única mujer de mi vida. ¿Por qué me acosté con ella?

No quiere responder a su propia pregunta: sabe la razón, era entonces dulce y alegre, desenfadada hasta el escándalo. Él no lo había podido soportar. Pero cuando llegaron a París no hubo forma de contenerla, no hubo fuerza que la hiciera comprender que no debía entregarse a cuanto hombre pasara por allí.

—Tonterías —repetía ella con desparpajo—. ¿Qué tiene de malo que me acueste con tus amigos? ¡Si son de confianza! Oye, si ese es el problema, puedo hacerlo con desconocidos... A mí me da igual. *Papasha* me educó así, y yo me lo paso bien. Dime, ¿qué tiene de malo? A ti no te gustan realmente las mujeres y yo, ya lo sabes, no puedo vivir sin un hombre en mi cama.

Aquellos primeros años fueron una continua zozobra, un dolor inútil, un matrimonio fallido que flotaba en las aguas de una apariencia que a ella no le importaba en absoluto, pero que a él lo ayudaba a disfrazar su creciente interés por los jovencitos.

—¿Por qué eres así? —insistía entonces asombrada Annushka—. ¿De qué sirve que escondas tus sentimientos? La vida pasa, mi querido Sacha, la vida pasa, y cada momento que no disfrutas, cada placer que rechazas te pone la sangre amarga. Ea, vivamos en paz. Si a mí no me importa... Y yo te quiero. Sacha: yo te quiero.

Pero él solo gozaba cuando bajo los puentes del Sena o en el Jardin des Tuileries, excitado por el terror perverso de que lo pillaran, abrazaba a un jovencito. Primero perseguía a un mozuelo que lo había seducido con sus andares cadenciosos, y luego le pagaba bien, para regresar a casa dolorosamente satisfecho.

Solo cuando ella lo dejó se aficionaría a una sexualidad algo menos turbia, nutrida de amores encargados de antemano y servidos a medianoche en su *boudoir* negro. Pero nunca, nunca más volvió a acoplarse con una mujer.

—Me acosté con ella solo porque la confundí con Natalia. —Y la verdad que ahora emergía le asaeteó el pecho—: Ella me quería y yo la engañé.

Hans entró con silencio gatuno en la habitación. Vio a Sacha de espaldas, mirando por la ventana, y presintiendo su tristeza volvió a salir. Sabía que no le gustaba que apareciese sin que lo llamara, que no deseaba compartir con él otra cosa que el placer. Aquel era el contrato que habían establecido cuando se conocieron en Alemania, y que se mantendría hasta el fin.

—Yo te daré una buena vida —le había dicho Sacha—. Te alejo de todo esto, no más hombres que te denigren, no más violencia. Pero tú, a cambio, respeta mi intimidad. No me interrumpas nunca, ni cuando toco el piano ni cuando estoy en silencio. Ni intentes tampoco dormir en mi cama: detesto las abominaciones del sueño bajo una sola sábana. Si cumples el trato, vivirás feliz.

Hans, refunfuñando, retrocedió hasta quedarse detrás de la puerta. El pacto ahora le pesaba, porque le hubiera gustado entrar en el corazón de Sacha, un corazón del que él lo expulsaba con el mismo menosprecio que el príncipe Heinrich de la mesa familiar. Hubiese deseado que aquel hombre lo amara, y en algún momento pensó que podría suceder. Pero ahora comprendía que no era para el viejo otra cosa que un bello objeto que tiraría a la basura en cuanto el tiempo o el aburrimiento lo desgastara.

Silencioso y resentido esperó a que lo llamara. Siempre sucedía así, tras las cavilaciones de Sacha, cuando parecía hablar con el retrato de la mujer vestida de amazona.

—Yo quería acostarme con mi madre y destrocé a Annushka —pensaba Sacha—. Bien podría haber seguido casada conmigo, pero no soportó que yo no quisiera a su hija. Esa niña tonta, esa americana. Vivieron allí los años de la guerra, y ella ya no regresó. Nat. Una muchacha sin gracia que durante algún tiempo me escribió largas cartas, una muchacha que quería un padre. Bobadas. Pero ¿a mí qué me hubiera costado aceptarla? Annushka me pedía poco.

Por un momento pensó que todo podría haber sido diferente.

—Ella era feliz, inconscientemente feliz, una mujer educada para el amor, y yo destruí su dicha. Mañana tendrá su dinero.

—¡Hans! ¡Ven aquí!

El joven entró en el acto. Sacha, sin hablar, lo cogió por la cintura y lo besó, metió la mano por el párpado de la bata, aventó a la bestia vigorosa y sana, y con violencia, con un ardor animal acarició el pecho fuerte —oh, los recuerdos, Annushka quitándole la camisa—, le palpó los pezones pequeños y firmes que se erguían —los pechos entregados bajo la camisa de muselina—, le quitó la bata bajo la que apareció el torso de titán —cortar lazos y tiras, la rígida caída del corsé—, y en silencio tendió a Hans sobre la alfombra —ahora era un experto, sabía doblegar a un muchacho, hacerlo gozar aunque no quisiera, domar sus caderas, su polla entre las manos, atraparla con los labios, mamar, mamar hasta agotarlo, y luego arrancarle bramidos roncos mientras le abre las nalgas y se hunde en él, con violencia, haciéndolo sufrir, sometiéndolo, ante la rabia de Hans que lucha entre el dolor y el deseo, Hans que entrega su bello cuerpo joven a los embates de un anciano, solo un cuerpo, el alma está lejos, lejos, también la suya viaja, oh, Annushka, Natalia, Natalia acariciando su cabeza, muerta tan lejos, Natalia, la rabia, asirse a los hombros fuertes, a los brazos que podrían molerlo de un abrazo, morder la espalda, clavar las uñas con refinada crueldad y golpear, olvidar, golpear con furia, olvidar, como si fuese un animal díscolo, como si fuese un esclavo, y el temor de Hans, el temor del pequeño nazi, del pequeño mediocre, la sumisión por dinero, el sexo servil, el primer amor de una muchacha que ahora se va, y nunca más, no verla nunca más, imaginarla conduciendo su coche, lejos, lejos, cada vez más lejos, aprisa, un punto diminuto en el horizonte, un fulgor al final de una calle —gime, pequeño, implora—, y Annushka que aprieta el acelerador para escapar del pasado, para dejarlo atrás de una buena vez, pisa el recuerdo de Sacha como el último peldaño de una larga escalera y ahora es libre, libre al fin, y vuela hacia los brazos de algún amante: Annushka, aquella muchacha feliz.

Sacha se vuelca y se desmorona, llora tendido sobre la espalda de Hans. Está tan solo que se abraza al joven alemán al que liberó de la miseria.

Y Hans Klitsche se aburre y lo odia. Siente una rabia fría, quiere que el viejo lo deje por fin, lo desprecia porque no es alemán sino un ruso decrépito que solo tiene dinero; quiere que todo termine, que lo lleve de paseo, que vayan juntos a comprar ropa cara, a cenar a un restaurante caro, a exhibirse por el Bois de Boulogne, donde tal vez hoy encuentre un relevo para Sacha, alguien más joven, o más hermoso, o más amable.

Y el coche se marcha a toda velocidad.

Annushka.

Annushka.

Annushka.

Nunca más.

Hans Klitsche había nacido en Alemania. Era hijo de un sastre de mente tan estrecha como sus negocios y de una mujer apocada. Tenía cinco hermanos y era el mayor, aquel en el que las esperanzas del padre se plantaron como un esqueje en un tiesto, enraizando a pesar de lo poco fértil del terreno. No era inteligente o emprendedor, aunque sí muy guapo. Pero él a los quince años lo ignoraba y tenía la sensación de haber fracasado en la vida.

Tal vez por la exigencia de ser el primogénito, tal vez porque las esperanzas del padre lo inhibían, Hans abandonó sus estudios y decidió buscar en la religión el consuelo que le negaba la existencia. Conoció la pasión por los ideales abstractos y, cuando su padre por fin dejó el mundo, regresó a casa sintiéndose libre, feliz de abandonar los sentimientos humanitarios que le había inspirado su improvisada espiritualidad y que le pesaban como un ancla.

Para entonces ya era un hombre en cuerpo y alma, siempre dispuesto para la pelea y fue entre sus amigos —por cierto que bien escasos— donde estrenó sus puños. Aquello le reportó un doble beneficio: la gente le temía y lo abandonaron sus antiguas relaciones.

Si bien la muerte del padre trajo consigo cierta liberación, ahora se veía con dieciocho años y una familia que amenazaba con depender de su trabajo. Así que, sin pensarlo demasiado, tiró por la vía más cómoda y huyó del pueblo natal para enrolarse en el ejército, donde su menoscabada masculinidad pudo por fin encontrar un marco más propicio para su desarrollo. Fue un momento de esplendor, eso dijo su madre el día que lo vio regresar con su uniforme de teniente provisional.

La madre no interpretó el grado de Hans como una huida —aunque en realidad lo era— sino como el comienzo de la prosperidad vaticinada para su hijo desde la cuna. Y en aquellos tiempos Hans disfrutó de cierto prestigio familiar, acarreado no solo por la interpretación equivocada de sus intenciones, sino también por la esperanza de que los sacara a todos de la miseria.

Pero antes de que pasara un año ya estaba otra vez desmovilizado en casa y las ilusiones de la madre se apagaron con la carrera del hijo. No le perdonaba que no hubiera cumplido con su deber, que hubiera perdido una guerra y regresado vivo. Un hijo muerto hubiera sido el orgullo de la familia, pero un teniente desmovilizado era un lastre.

Cierto es que durante el corto tiempo que duró su carrera militar había logrado —además de la aceptación familiar— algún éxito con las mujeres, quienes, seducidas por su uniforme y por el bello rostro del muchacho, hacían cábalas para saber cuál de ellas lograría arrastrarlo hasta su cama.

Pero Hans, al tiempo que descubría el sabor del éxito, adivinaba también que no eran las muchachas de pueblo las que lograrían llevarlo lejos, tan lejos como le dictaban sus recién estrenadas ambiciones. Para entonces ya se había prometido no dar ni un paso en falso, y la sola idea de volver a casa para retomar el trabajo de su padre le producía tal desasosiego que, en pocos meses, se inventó una personalidad que asfixiara definitivamente al adolescente tímido y frustrado, una máscara que, separándose a toda velocidad de sus antiguos sentimientos, le permitiría sobrevivir y de este modo burlar la mezquindad de los hados. Y en el ejército fueron la exaltación de la fuerza, una cierta brutalidad y una gran resistencia para el alcohol quienes lo ayudaron. Ningún daño le hacía la admiración de las mujeres, así que se dedicó a cultivarla, sin caer en la tentación de probar un plato que no le resultaba apetitoso.

Un día, en una cena con sus colegas, el general X, cuya displicencia denotaba claramente su origen ilustre, se fijó en él. Era un hombre grueso, de suaves modales, con un mostacho imponente y una mirada tan dura como el tacón de sus botas. No resultaba guapo, pero tenía una gran virtud: no se parecía a su padre.

Aquella noche Hans logró sentarse a su lado en la mesa, y el general, complacido por la admiración que despertaba, lo invitó a seguir bebiendo. Y fue este hecho casual lo que por fin lo alejó de su precario destino.

—Muchacho —repetía el general palmeándole la rodilla, entre copa y copa—. Muchacho. Esta noche te vienes conmigo a mi casa de las afueras. Claro que te vienes. Tienes suerte, muchacho.

Cuando llegaron el general se quitó el uniforme y apareció vestido con una bata de seda floreada. Se sentó, colocó un pie encima de una mesa, sacudió las zapatillas y se entretuvo mirando cómo jugueteaban sus dedos, que se movían como si no le perteneciesen.

Hans estaba sentado en un sillón. La enorme sala lo inhibía y deseando mostrar seguridad evidenciaba torpeza: ignoraba cómo moverse, cómo llevarse la copa a los labios. El general lo estudiaba en silencio, de forma burlona, mientras fumaba su pipa. Siguieron bebiendo en silencio casi hasta el amanecer. Entonces el general se puso de pie y, dándole un empellón, lo empujó hasta su cama. Allí, sin ceremonias, le quitó las botas, le bajó los pantalones, lo tiró sobre el colchón y colocando las piernas de Hans sobre sus hombros, lo enculó.

No fueron los besos del general los que le provocaron vergüenza, ni sus gruñidos bestiales, ni el roce de las barbas, ni siquiera el placer inesperado que le arrancaba del cuerpo y que bien podría haber vivido como una vejación. A Hans lo torturaban sus calcetines rotos, que eran un escándalo entre tanto lujo, la desdicha de su camisa remendada, sus modales torpes. Y antes de entregarse al sueño, llorando entre las almohadas, se juró que ese día terminaba su pobreza.

Por la mañana Hans despertó temprano, desnudo enfrentó al general. Juntó todo su coraje y le dijo:

—Me gustaría ser su secretario.

El general lo observó unos segundos. Sopesando el torso perfecto, los magníficos genitales, los labios llenos del joven respondió:

—Pues el puesto es tuyo. Y vaya si tienes suerte, vaya si la tienes. El puesto es tuyo, muchacho, y ahora, vamos, vístete y sal de aquí.

Así pasaron los meses. Cuando Hans abandonó el ejército, gastaba camisa fina, un traje moderno con hombreras y un solo botón en la americana. Llevaba los bolsillos subidos y cortados al bies y no había manera de encontrarlos; calzaba zapatos de piel cara; le hacían daño pero eran hermosos.

Cuando el general se hartó de él, lo recomendó como acompañante para su sobrino, y es allí donde entra en la vida de Hans la primera mujer con bragas de color violeta.

Annushka conducía deprisa. Deseaba llegar a casa, encontrarse con Guy, contarle lo que acababa de suceder. Sin duda se reirían juntos del alemán, de su marido, descansaría por fin del viaje, se entregaría a los abrazos de su joven amante al que tanto había añorado durante la travesía.

—Para algo sirve tener un amante que podría ser mi hijo —pensó.

Nat se escandalizaba de la vida amorosa de su madre. Era curiosamente puritana, si se piensa en su educación.

—Mamá, ¿qué necesidad tienes de acostarte con todo el mundo? No es que me moleste, pero...

—Hija, pareces una institutriz inglesa. ¿Qué más te da? Lo he hecho toda mi vida, me mantiene en forma. A ti lo que te pasa es que los Estados Unidos te han convertido en una sosa. Te aseguro que cada uno tiene algo diferente: me lo explicó un día mi padre y es verdad.

—Sosa no soy, te lo aseguro, y ya sabes que detesto que te metas en mi vida privada, pero ¿tú crees que realmente es indispensable que...?

—Anda, monina, no vuelvas con la misma canción. Mira, mira qué hombre tan hermoso. ¿Lo conoces?

—¡Mamá!

—Los Estados Unidos —pensó Annushka—. Tal vez nunca debí permitir que no regresara conmigo a París. Un lugar demasiado nuevo para estimular a la muchacha, demasiado pacato, donde todos tienen la curiosa sensación de estar construyendo algo importante.

Y luego, realmente, Nat había hecho cosas absurdas. En cierto punto le recordaba a su madre.

—Dos románticas —dijo Guy abrazándola—. A ti te ha salvado la educación que te dio tu padre. No tienes principios, Annushka, nunca los has tenido: eres promiscua como una gata.

—¿Me estás diciendo que no tengo ideales? Pues bien, es verdad, no los tengo; al menos no tan grandes y abstractos como para que acaben conmigo sin darme nada a cambio. A mí las grandes ideas de los demás siempre me han estropeado la vida.

Annushka deambuló nerviosa por la habitación durante unos segundos. Después se detuvo frente al espejo y, pellizcándose las mejillas, prosiguió.

—Mira, me estoy haciendo vieja. Y no quiero que nadie me recuerde una vez que se me termine la vida; tampoco pretendo organizar el mundo, ni me levanto cada mañana para hacer la revolución. ¿Para qué? ¿Acaso ha avanzado algo con la guerra? ¿Acaso mi madre lo logró? Las cosas se modifican a pesar nuestro, llevadas por fuerzas que desconocemos... Pero no he venido aquí para filosofar.

Se sacó por fin el sombrerito, los guantes, tiró el bolso sobre la cama.

—¡Dichosa madurez, mujer dichosa!... Nada terminará contigo. Eres sagaz y liviana. El amor te da alas.

—¿Alas? Guy, no seas cursi. Ya sabes que no creo en el amor; es pesado como una cadena, como un ancla. No puedo soportarlo.

—¿En qué crees, entonces?

—En el deseo. Pero no me hagas caso. En el fondo no soy más que una gran pesimista, la última representante de un mundo que se va, y acabo de enterrar a mi hija.

Annushka se había ovillado en un sillón y parecía abatida. Pero inmediatamente, con un gesto coqueto, se acomodó el peinado y se puso de pie.

—Anda, ahora no quiero hablar de esto. Cuéntame cómo estás. Y llama al mayordomo para que suba las maletas, y a la criada para que me ayude a vestirme.

Mientras se quitaba con suma delicadeza las medias de seda, Guy la puso al día:

—Hay dos exposiciones de los cubistas, Colette nos sirve otra vez sus escándalos en bandeja, Breton pelea con Tzara, Gala se ha liado con Max Ernst y Eluard les propone un trío, yo he terminado de leer las memorias que escribiste sobre la época en la que vivías en Londres. Son magníficas, pero increíbles.

—¿Increíbles? ¡Qué dices! ¿Con lo que me estás contando?

—Tienes razón. Pero lo tuyo es tan ingenuo...

—¿Sabes que hoy he sentido cierta compasión por mi marido? Nunca lo comprenderé. ¿Cómo combina esa adoración enfermiza que siente por mi madre con su vida amorosa? Es desgraciado, sin duda lo es, no hay más que verlo. Pobre Sacha. No hace más que vengarse de los muertos: nunca podrá olvidar, no tiene vida propia, lo mueve el resentimiento. Ah, y creo que he logrado mi dinero: editaremos tu libro, pero hay que planificarlo. Primero dirás a tus amigos que la literatura es absurda y que no escribirás una sola línea más en tu vida, y luego lo ponemos en la calle: en los días que corren, es la única forma de tener éxito.

—Annushka, cómo eres. ¿No puedes dejar de ironizar y de protegerme a la vez? De todas formas, te lo agradezco. Ya lo pensaré. Vamos, vístete o llegaremos tarde.

—Y tú, desvístete, hace tres meses que no estamos solos. Anda, que estoy muy tensa.

Annushka se levanta las faldas. Con las ancas al descubierto apoya su pecho sobre una mesa. Guy la mira y como atraído por un imán se desnuda en el acto. Avanza, absolutamente empalmado.

Por toda la habitación hay un desorden brillante de cajas de sombreros, trajes de calle mezclados con los de tarde y noche, una montaña de ropa interior que supera toda descripción.

—¡Oh, Guy, qué maravilla! —dice ella admirándolo—. Venga, cuéntame, cuéntame más. Y mira, mira el tul que he comprado para hacerme una falda...

Annushka se envuelve en la tela, y Guy se la quita en el acto. Ella retorna a su posición primitiva y Guy la coge por las caderas, la centra y se hunde en ella.

—Vamos, estate quieta. ¿Ahora quieres hablar?

—Claro, querido, debo estar al día antes de encontrarme con los demás. ¡Ah, cómo te echaba de menos!

Mientras se bambolea, pregunta:

—¿Algún otro cambio de pareja? ¿Alguna nueva moda?

—Aparentemente se llevan los tríos. Solo Mimí ha optado por la monogamia, y eso porque ha conseguido por fin alguien que la mantenga. Él es viejo, tiene un coche y le ha comprado todos sus cuadros; así que está feliz. ¿No te hago daño?

—Oh, claro que no, sigue, querido: lo haces muy bien.

—He terminado por fin mis poemas. Algunos son solo monosílabos, otros, simplemente sonidos sin coherencia alguna. Por fin estoy llegando a la esencia... Pero ese maldito John Thompson Jr. no me deja trabajar. Se ha pasado el día chillando y revoloteando por la habitación: los dos te echábamos de menos.

—El viejo loro... debe de ser inmortal. Oh, ¡cuánto pensé en ti en el barco! Así, mi vida, así. Venga, recítame algo...

—¡Ah, Natalia! —dijo John Thompson Jr., ahora en francés.

Annushka le lanzó un zapato y el loro voló hasta la araña, desde donde los miró con gesto reprobatorio. Luego, con aire ofuscado, metió la cabeza bajo el ala.

—Ahora no puedo recitar, querida, dejémoslo para más tarde. Ese bicho me desconcentra.

El loro revoloteó y fue a posarse a los pies de la cama.

—Por cierto, me he acostado con tu criada...

—Me parece perfecto. La habrás tratado bien, ¿verdad? Es una muchacha encantadora. Tendré que regalarle un vestido. Cuéntame, cuéntame cómo se lo hacías a mi criada...

—Sí, sí, sí... Es más carnosa que tú, oh, tiene unas tetas magníficas y fuego entre las piernas. Su único defecto es que no para de hablar.

—Coitolalia, eso se llama coitolalia. ¿Es una indirecta? ¿No te estimula que hable?

—¡Annushka, cállate de una buena vez!

—Lo aprendí con mi padre. Es un ejercicio perfecto de atención: dicen que también Napoleón podía hacer dos cosas a un tiempo...

Anclado en las caderas de Annushka, Guy empuja nervioso, se agita, ya no puede más. Ha ansiado a esa mujer, la ha deseado durante meses. Ahora siente que todo va a terminar.

—Oh, Annushka, no hablemos, deja en paz a Napoleón, no, por favor, no, no.

—¡Sí, sí, sí!

El muchacho, sin poder contenerse, se derrumba y la hace girar. La besa. Baja las faldas de la mujer y la ayuda a tenderse en la cama.

—Descansa... Tienes que estar agotada.

—Guy, por cierto, ¿te ha alcanzado el dinero? ¿Necesitas más?

—Todo ha estado muy bien. Y tengo grandes proyectos... Buscaré trabajo.

—¿Trabajo? ¡Qué ordinariez! ¿Y para qué quieres un trabajo?

—Annushka, no puedo depender eternamente de ti.

—Bueno, eternamente no. Solo mientras estemos juntos. Querido, alcánzame la *robe de chambre*, quiero darme un baño. Luego lo haremos una vez más. Me debes la de mi criada.

Mientras se pasea por la habitación, Guy la observa. Le resulta deliciosa esa mujer, su cuerpo maduro, su forma de ir por la vida sin profundizar en nada. Él no puede. Tiene veinticinco años y ha estado en la guerra. Era estudiante de medicina cuando lo movilizaron, fue médico en el frente. Cierra los ojos e intenta olvidar. Se tapa los oídos, se los tapa porque oye a los aviones que bombardearán la ciudad. No, no debo tener miedo, se dice, no volverá a suceder: los aviones se alejan. Por hoy estará a salvo.

—Parece mentira —piensa— que, pese a todo, mi generación sea la generación del progreso. Hemos quemado la vela por los dos cabos, y ahora la llama nos llega a los dedos. Nunca, nunca más viviremos otra guerra: la humanidad no puede ser tan estúpida.

Enciende un Pall Mall y se deja caer sobre la cama. Mientras el humo dibuja volutas, oye nuevamente a Annushka. El motor de los aviones es apenas el zumbido de un insecto.

—Acércame la toalla.

—Annushka, ¿tú crees que las cosas serán distintas ahora que terminó la guerra? ¿Crees que todo cambiará?

—Oh, Guy, eres extremadamente joven. Yo sí que he visto cambiar el mundo: he usado polisón y ahora llevo faldas cortas; vi encenderse la primera luz, rodar el primer coche, sonar el primer teléfono, volar al primer avión. Las cosas ya no cambiarán, querido, no cambiarán tan aprisa. No te preocupes.

Annushka lo dice para tranquilizarlo. Siente vértigo. ¿Hacia dónde va el mundo?

Guy la ayuda a secarse. Le frota la espalda, la abraza. Cierra los ojos, vuelve a ver rojo, fuego, luego las camillas con los heridos. Los abre: Annushka está allí.

—Éramos felices —dice Guy—; felices e inocentes. Ahora ya nada será igual.

—Querido, querido mío —le dice ella besándole los párpados—. Olvida: eres como Nat. Olvida y vive. Es lo mejor. ¿Qué importa el futuro? Ahora estamos solos aquí, y no hay nada más allá de este momento. ¿Por qué seréis tan serios los jóvenes?

Annushka Ivanovna Dolgorukov había vivido su niñez y adolescencia en los quietos días del mundo anterior a la guerra, cuando el tiempo era como agua estancada y todo estaba iluminado por luz de gas.

En esos días tranquilos la educaron para el amor y por tanto se había enamorado de Sacha, el único objetivo razonable que le presentaran en aquella casa londinense. A edad temprana comprendió que el placer acarrea felicidad y el amor penuria, y se había jurado desde entonces reservar su corazón.

Solo una vez se volvió a enamorar, y aquello duró unas pocas horas, pero fue su hija Nat quien pagó las consecuencias.

Vivía con un joven poeta veinticinco años más joven que la adoraba, y trataba a los hombres con dureza, cosa que hacía que ellos siempre regresasen pidiendo más.

Con Guy era diferente. Él compartía su cama y su cuenta bancaria, ella disfrutaba de sus inenarrables dotes de amante, de su proclividad a la jarana y de la admiración del muchacho, que veía en aquella mujer ya mayor el resumen de toda experiencia. Ambos sabían que no serían largas sus relaciones, pero les daba igual.

Lo había conocido en una fiesta dadá, en Montmartre, en un piso de la Rue Fontaine decorado con esculturas de África, cuadros de Picasso, Braque, De Chirico, una noche delirante entre lámparas de colores, opio y champán.

El anfitrión, un hombre entusiasmado por el cubismo y todo lo africano, la había recibido con la cara tiznada con corcho y vestido con espléndidos ropajes de presidente de Liberia. Coleccionaba pintura, *spirituals* y piezas de jazz. Annushka, que había ido sola aquella noche, le trajo de regalo un curioso disco de *dixieland* que inmediatamente hizo sonar en su gramófono. En cuanto los poetas la vieron se arremolinaron a su vera besándole la mano, invitándola a participar de un círculo en el que varios de ellos estaban contando sus sueños mientras otros los apuntaban a toda velocidad, seguros de que aquello era la cumbre del arte.

—Seducir a una muchacha en Nueva York es fácil —comentaba alguien—. La sacas a bailar, le hablas de Freud, luego haces que te cuente algo de su infancia y disertas sobre los efectos perniciosos de la represión sexual. Si aún entonces no lo has conseguido, te ofreces para interpretar sus sueños. Nunca falla.

En una esquina, una pareja compuesta por una joven con aspecto de andrógino y un pintor español con cara de mico se morreaban sin preocuparse por las miradas de los demás; dos homosexuales adolescentes vestidos de terciopelo rojo se revolcaban en un sillón, varios poetas recortaban periódicos y metían las palabras en un sombrero para luego rifarlas y componer textos, una mujer gorda con traje de hombre fumaba interminables cigarrillos, un escultor montaba sobre un banco la rueda de una bicicleta. En el gramófono seguía sonando música de jazz. Temiendo aburrirse, Annushka espantó a los poetas y se sentó sola en un sillón para observar la escena.

El pintor con cara de mico estaba desnudando a la muchacha-andrógino y pronto en el centro de la sala emergió su fino cuerpo blanco, su cabeza pequeña adornada por una tiara con una pluma de pavo real.

La muchacha se cubría el pubis con una mano y el pecho con la otra, como si fuese una venus blanca y desnutrida.

—¡Quitad todo de la mesa! —gritó alguien—. ¡Pronto, llamad a los camareros!

En medio del estrépito, el pintor llevaba con delicadeza a la muchacha desnuda, cogida por la punta de los dedos, como si fuese una reina. La tendió sobre la mesa de caoba negra.

Los narradores de sueños se habían callado, los escritores habían dejado de rifar palabras. Solo la pareja de homosexuales continuaba indiferente, fumando opio, buceando en sus cuerpos en busca del placer.

Ella se deja tumbar. Es una estatua pálida de senos pequeños, pubis rubio, de ángel. Tiene la cara muy maquillada, los labios casi morados, pero así tendida solo resalta su desnudez. Alguien la descalza, le quita la tiara y la pluma, y desde el fondo avanza un pintor muy delgado y escandalosamente joven con cara de viejo, moja la pluma en pintura negra, dibuja sobre los senos de la muchacha dos ojos enormes, los pezones se convierten en pupilas, luego una nariz le cruza el tórax hasta llegar al ombligo, y ahora el torso entero es el rostro barbado de un hombre, la mujer blanca y tendida es el rostro de un hombre, el pubis es una barba rubia: todos alborotan a su alrededor. De algún lugar surge el sonido de los tam-tams.

—¡Dadá!

Un muchacho joven, vestido como Valentino, comienza también a desnudarse.

Entonces Annushka sale de su ensimismamiento. Ve a la mujer con las piernas abiertas, la ve tendida sobre la mesa y vuela desde su inconsciente una imagen borrosa, salta a su preconsciente, a su conciencia al fin, y es Mimina, la ve, su joven aya, sobre la cama de *papasha*, tantos años atrás, desnudas las piernas regordetas de la rusa, las blancas y pálidas de la muchacha-efebo, y sin poder contenerse, al ritmo de los recuerdos (los recuerdos son un metrónomo preciso, tic-tac, tic-tac), avanza, avanza hacia ella y todos dicen ¡oh!, y los tam-tams aceleran, avanza y se acerca, roza su vulva con las perlas de su largo collar, la muchacha se agita y ella continúa con parsimonia, las perlas irisadas se pierden en el pubis, vuelven a surgir, la muchacha gime, luego Annushka retira el collar y se pierde entre las piernas de la mujer tendida, hunde su cara en plena flor, comienza a lamer, a lamer, a lamer hasta saciarse, y el hombre-Valentino ya está desnudo, se le acerca por detrás, está excitado, enhiesto, se acerca y rasga la falda de seda negra de Annushka y emergen las piernas de la mujer madura, sus ancas delgadas aún firmes, la centra y la empala, Annushka lame y lame, disfruta y lame, ahora el pintor español se ha desnudado también, es fuerte y nervudo, sube a la mesa, se acuesta invertido sobre la muchacha de tal modo que su miembro le entra a ella hasta el paladar, la muchacha liba, se estructura el animal, sube y baja la columna vertebral cadenciosa, y Valentino puja, y la lengua del pintor se encuentra con la de Annushka en el vértice de la muchacha, lamen el clítoris, pelean como dos serpientes marinas alzando belicosas sus ápices, con vigor intentan penetrar la oscura caverna, muestran sus vientres rojos surcados por venas azules, luchan las lenguas enfurecidas para atrapar su presa, se enroscan, compiten, se trenzan, alguien más se está desnudando y trepa y se arrodilla y se clava en el pintor, entre las nalgas exhibidas, la muchacha liba, Annushka lame, Valentino puja, el español empalado grita ¡dadá!, ¡escultura erótica!: alguien hace sonar un gong, tiran las copas de champán contra el mármol de la chimenea, ¡de pie ante dadá, que representa la vida!, la mesa es un monstruo de patas múltiples, de brazos múltiples, de abrazos múltiples, un insecto blanquecino bajo la luz que reflejan las lámparas que cobra ritmo, se tensa y se distensa, un escarabajo albino imposible de cuerpos desnudos, ¡dadá, abajo la hipocresía burguesa!, tam-tam-tam-dadá, el escultor acerca la rueda de bicicleta y la ata con una polea al pie del escultor español, la rueda gira, ¡dadá!, ¡arte espontáneo!, ¡la libido pone en movimiento a la máquina, cada vez más deprisa, a plena carrera!, y otros se suman a la escultura, gadji beri bimba, chillan los poetas que acaban de crear un verso, ¡gadji beri bimba!, tam-tam-tam-tam, un joven con aspecto de dandy se desabotona la bragueta y saca una polla blanca y fina con la que encula a Valentino, ¡la época tiene manos como flechas!, tamtam-tam, ¡gadji beri bimba!, el dandy es penetrado ahora por un gordo vestido de mujer que se alza las faldas, la cola de la bestia crece, hasta el anfitrión se ha levantado la túnica y empala al gordo y todos gritan ¡viva Sade!, los copulantes ya dan la vuelta a la sala, son el rabo de un escorpión, el rastro de una sirena, y Annushka lame. Valentino la coge por las caderas, se hunde en ella, vuelve a salir, ¡Annushka!, lame a la muchacha que ahora parece en trance, los ojos muy abiertos, la melena sobre la mesa, ¡dadá!, ¡buscar la fatiga!, ¡deprisa!, tam-tam-tam, ¡gadji beri bimba, la vida se escapa!, ¡oh, ah, ah, oh!, y el español se corre, la muchacha se corre, Valentino se corre y Annushka sale por fin casi asfixiada de entre las piernas de la chica y sube por su ombligo, por sus pechos, la besa y cae por fin, agotada, con la falda rota, luego levanta los brazos y todos jalean a los copulantes que aún se afanan, se retuercen, eyaculan, caen: ¡dadá!

Ya en el silencio de los tam-tams solo los dos muchachos ensimismados permanecen en el sillón.

Cuando se desarma el cuadro y cada cual recupera su individualidad penosa, cuando el fascinante insecto se desmembra alguien deja a Annushka un pantalón y Valentino la cubre con sus pieles para llevarla a casa. Valentino se llama Guy y se ha enamorado: ¡dadá!

Amanece y se apaga la luz, pero los muchachos no lo notan.


Mientras corren de noche a toda velocidad, Annushka recuerda aquel día. ¡Annushka, la diosa del sexo, la hija de Marx! Los dadaístas aplauden y ella los compadece: pobres, pobres muchachos, qué jóvenes son, necesitan aún follar por una idea, morir por una idea, vivir por una idea, oh, la juventud golpeada por la guerra, la juventud que fue testigo de la muerte y de la destrucción, la juventud que sobrevivió al cataclismo de la estupidez, la juventud desesperanzada que lo sabe todo menos que el tiempo pasa: apurar la vida, beberla como si fuese un caldo delicioso, como si fuese una droga fuerte.

Vivir en medio de la fiebre, al filo del último día. Morir. Vivir. Morir.

Nat.

—Pequeña mía —piensa Annushka—. Mi pequeña.

Ve a Nat entre sus brazos, se ve con ella sola en París, entre preceptores y niñeras, se ve paseando por el Bois, qué hermosa su niña, qué alegre. La ve crecer tan seria a su lado, el viaje a los Estados Unidos, los años escolares evitando la guerra en la que se hunde Europa, y esa ciudad, Nueva York, tan aburrida, estúpida y saludable.

Más tarde la imposibilidad de huir, de regresar a casa: fronteras cerradas, Nat que pierde en la guerra a su primer novio, un muchacho al que Annushka recuerda vagamente, tímido, con cara de búho; los amigos que crecen deprisa y se dispersan. Algunos no regresan; una generación que había nacido para ser feliz y que ahora chocaba con la desgracia, con un mundo confuso y triste, y Nat, oh, Nat, esa muchacha inexperta que no era capaz de entretenerse con la pasión sin caer en las redes de los sentimientos. Quería ser aviadora, aventurera, libre. Luchaba, y cada vez luchaba por más cosas. Oh, Nat, Nat.

—Nat está muerta.

Sin darse cuenta, lo ha dicho en alto. Guy le acaricia la mano sobre el volante, no soporta verla sufrir. Sabe que algo está cambiando entre ellos. Ya no es solamente el deseo lo que los une, hay algo más. Pero Guy es demasiado joven y no sabe, no puede saber.

—No pienses, querida, es inútil. Ahora eres tú la que está triste. ¿Te he contagiado mis temores? Olvidemos. Olvidemos por esta noche. Vamos, lo pasarás bien.

—Tienes razón, basta por esta noche.

Annushka, mientras el viento le golpea la cara, piensa en su amante. Siente la calidez de esa mano sobre la suya, comprende lo que ha de pasar. No, no quiere que se enamore de ella, no, presiente que no podrá impedirlo. Si solamente fuera el roce de un cuerpo extendido sobre otro cuerpo...

—Qué pena —piensa Annushka—, las cosas siempre se complican. Si te enamoras de mí tendré que dejarte. Cuando suceda, sufrirás, tendrás que sufrir.

Descorazonada, aprieta la mano de Guy y él le sonríe con una expresión inerme. La guerra está tan lejos y él quiere, sí, él ya quiere a esa mujer. ¿Por qué no? Annushka retira la mano y abre su bolso para mirarse en el espejito con coquetería. Guy no sabe lo que pasa, no sabe lo que está pasando. ¡Es tan joven!

Pronto dormirá solo.

Qué soledad tan terrible, la de la espada sin vaina.


Un año atrás Guy y Annushka ya vivían juntos y todo marchaba bien. Nat escribía cada tanto desde Nueva York. Parecía tranquila desde que por fin había abandonado las manifestaciones pacifistas que no tenían sentido una vez terminada la guerra y se dedicaba a estudiar. En lugar de matricularse en Princeton, como a su madre le hubiera gustado, Nat optó por la Universidad de Columbia, que no tenía el aire de *country-club* de otros centros pero que estaba situada en pleno Nueva York y donde los estudiantes eran más pobres. Nadie, en el *college*, tenía renta, solo Nat recibía el dinero del alquiler de su piso en Manhattan, pero daba igual, porque a la semana se lo había gastado y ya estaba como los demás.

Después de las clases se podía vagar por la ciudad, entrar en una librería de viejo y revolverlo todo aunque no se comprara nada o beberse una cerveza en el Red Lion. Allí conoció a Eileen O'Brien y allí también decidió abandonar sus estudios para dedicarse a la aviación.

*Hija*, le había escrito entonces Annushka, *en nuestra familia nadie ha trabajado nunca. Es verdad que he malgastado parte de nuestra fortuna, que en algún momento fue inmensa, pero tú misma tendrás ciertas rentas que te permitirán vivir bien. Siendo así, no comprendo tu decisión de ser aviadora. Pero sé por experiencia que es inútil discutir contigo: eres terca como una mula. Así que buena suerte, y cuídate. Te quiere*

*Mamá.*

La muchacha recordó que había tirado la carta a la papelera y comentado a Eileen:

—Ya conocerás a mi madre. Es una mujer estupenda como amiga, pero ser su hija es otra cosa; resulta tan encantadora como egoísta y superficial. Tiene cincuenta años, ha besado a montones de hombres, y supongo que seguirá haciéndolo mientras se lo pida el cuerpo.

—Pues no está mal —respondió Eileen—. La mía crio doce hijos, y tuvo la mala idea de parirme primero, así que durante toda la infancia cuidé de mis hermanos. Solo la recuerdo fregando, amamantando o intentando que el dinero le llegase hasta fin de mes. La pobre cada vez que tocaba a mi padre se quedaba embarazada. Así son las familias irlandesas. Cuando comenzó a beber la comprendí, pero me marché de casa.

—Y aquí nos encontramos las dos, pobres como ratas.

—Tú, porque quieres.

—Sé lo que es depender económicamente de mi madre. Era pequeña cuando dejé de hacerme ilusiones con respecto a ella. Es una mujer agradable pero egoísta, de las que terminan atrayéndote como una mantis religiosa a su víctima. Y cuando estás muda de admiración, porque es espléndida, pega un salto y, zas, te devora.

—¿Por qué la criticas? Te dio una buena educación, te trajo hasta aquí. ¿Qué más querías, qué esperabas de ella?

—Mi madre me educó como si fuese su muñeca. Me crio para que fuese rica, mientras se gastaba su fortuna. Jugaba conmigo, se divertía, y al primer problema había siempre alguna institutriz en cuyos brazos extendidos podía aparcarme.

Nat se queda callada. Recuerda aquellos días de la infancia en los que se sentía siempre demasiado sola. A su alrededor revoloteaba su madre, tan hermosa, contándole historias de su abuela. Había sido una mujer superior, y nadie en el mundo lograría emularla.

Así la pequeña vagaba de admiración en admiración, pensando que no tendría paciencia para esperar a que pasase el tiempo. Un porvenir maravilloso la esperaba: sería bella como su madre, heroica como su abuela.

Después, cuando comenzaron las frustraciones, la nostalgia de ese mundo perdido que nunca lograría habitar le dejaría en el corazón un poso insalvable de tristeza.

Solo de mayor desmontaría la trampa, pero ya era tarde.

—No comprendes, Eileen, no puedes comprender. Tu vida ha sido demasiado diferente a la mía. Con mi madre no se puede vivir, mi única posibilidad era escapar de su órbita. Para ti el dinero es fundamental: eres condenadamente práctica. Y por eso me gustas.

—¿Y para quién no es importante el dinero?

—Todos pagamos un precio por nuestra libertad. Pero déjalo, no tiene remedio. Además, con lo que gano nos alcanza para vivir.

Eileen observó con escepticismo la habitación, la única que tenía el apartamento. Abrió la despensa vacía, el armario en donde en solo cinco perchas colgaba toda la ropa de las dos. Al fondo, en una caja, estaba guardado entre papeles de seda el vestido de noche que Annushka había traído para su hija desde París.

—Es monísimo, hija —había exclamado con entusiasmo—. Ven, pruébatelo.

—Pero mamá, sabes que yo no uso esas cosas. ¿Cuándo me lo voy a poner?

Y Nat pensó que lo que realmente le hacía falta era un mono de aviadora. Pero su madre siempre había sido así: de una prodigalidad inesperada e inútil.

Eileen señaló su abrigo que tenía los puños gastados.

—¿Y a esto llamas vivir?

—Pues sí. Volar, estar contigo... y tomar de tanto en tanto una cerveza. ¿Para qué más?

Sonriendo, Eileen fue a sentarse junto a su amiga. La imaginaba en Londres con un cuello de Eton, jugando al *croquet* en una hermosa casa de campo, o en los brazos de sus niñeras, y luego de mayor la podía ver avellanada y fina, observando el mundo como quien mira un insecto repugnante, con la nariz fruncida desde el mirador de un club de la Quinta Avenida mientras pensaba: «Dios mío, qué horrible es la gente». Tal vez fuera mejor así.

—Nat, eres una romántica.

Eileen se acercó a la ventana. Miró a lo lejos y vio las torres de Manhattan, el río fluyendo plácidamente. Luego se tumbó en el sillón. La ciudad estaba llena de posibilidades, solo había que estirar la mano y recogerlas. Ella se ocuparía de Nat. No, no la comprendía, pero le daba igual. Su madre estaba en lo cierto: era terca y resultaba inútil discutir con ella.

La mujer con bragas de color violeta que volvería loco a Hans Klitsche era una cuarentona aún hermosa, de grandes ojos verdes, rica hasta el mal gusto y fiel a su marido.

Se casó muy joven con el príncipe Heinrich. Aunque nunca había sido feliz, tampoco entraba en sus cálculos llegar a serlo, así que sin quejas ni esperanzas se disolvía en su existencia. Solo tenía un hijo a quien adoraba y que siempre estaba enfermo.

El trabajo de Hans era sencillo: acompañar al joven en sus paseos, leerle novelas cuando no lo acosaba la jaqueca, levantarle el ánimo cuando flaqueaba. Aunque él pensaba que había sido contratado como preceptor, era poco más que un criado. Y así se lo había hecho sentir el príncipe.

—Usted comerá en la cocina.

—Discúlpelo —le dijo luego la mujer—. Es rudo. Y espero que usted comprenda qué importante es para mí su presencia en esta casa: seremos buenos amigos.

Al poco tiempo Hans gozaba, junto con el menosprecio del príncipe, de la admiración de su mujer, quien muchas veces acompañaba a su hijo y a Hans en los largos paseos por el parque y las cortas cabalgatas, o las noches de ópera a las que nunca asistía el marido.

El príncipe Heinrich dividía su tiempo entre la caza y la bebida, el club de antiguos camaradas del ejército, las pelanduscas de los barrios bajos y el cuidado de sus armas, que eran las únicas que recibían sus caricias. Era viejo y estaba casi sordo, tal vez por eso no percibió la tela de araña que su mujer tejía alrededor del muchacho.

No es del todo preciso aseverar que la mujer era consciente de su juego. Poco acostumbrada a la seducción, se entregaba ahora con inocencia al encanto del muchacho, quien a su vez comprendía que aquel bastión inalcanzable era una meta mucho más peligrosa que el general, mucho más apetecible.

Incapaz de enfrentarse a sus sentimientos, Hans se contentaba con cruzarse con ella por los pasillos, con rozarle una mano, con entregarse como compensación a otras mujeres entre abrazos furtivos, amores apresurados en algún gélido zaguán salpicados por el espanto de que cualquier vecino regresase a casa.

Y, cuando el deseo lo hacía rugir, visitaba al viejo general que siempre tenía para el muchacho una copa de oporto, un lugar en su cama y unos cuantos billetes.

Había llegado a gustarle su brutalidad, y era entre sus abrazos de oso donde Hans podía olvidar el doble menosprecio del que era objeto.

—Te ha vuelto loco mi cuñada, ¿no es verdad? —decía sonriendo el hombre—. No eres el primero: todos sucumben, pero ella nunca se da por aludida. ¿Cuándo aprenderás que las mujeres no valen la pena? Y cuídate de mi hermano: está sordo pero no es idiota. Y si se entera de que ella lo engaña la matará, tenlo por seguro.

Al amanecer Hans, confuso, se lanzaba por la ciudad para acostarse con las chicas de la plaza de Potsdam, y luego, cuando se le acababa el dinero, sufría por su propia insignificancia.

Medio loco de deseo, una tarde, cuando su discípulo estaba recostado y había partido el príncipe, se cruzó con la mujer en la larga escalera, y cerrándole el paso, sin darse cuenta casi de lo que estaba haciendo, intentó besarla.

—Suélteme —dijo ella azorada.

Hans se retiró, murmurando:

—Ya no puedo, no puedo más. Usted coquetea conmigo. Tiene que decidirse: despídame, o déjeme amarla. Prefiero cualquier cosa a este suplicio.

Ella se irguió altanera. Por un lado, la halagaba el deseo de un muchacho hermoso que bien podría ser su hijo. Por otro, el temor a su marido y el hecho de que fuese un criado actuaban como freno. Y huyó escaleras abajo, sin responder, dejando tras de sí solo el halo de su perfume.

A partir de aquel día la mujer intensificó su coqueteo y otra tarde volvió a encontrarse entre los brazos de Hans. Estaban solos en la biblioteca, eligiendo una novela. Ella estaba subida a una escalerilla y, cuando él se acercó para ayudarla a descender, la retuvo entre sus brazos y, cediendo a un impulso, la besó con tal ansia que el finísimo cristal que los separaba se quebró.

Hans llevó a la mujer hasta un sofá Biedermeier, la tumbó sobre él e insensible a las súplicas, a la incomodidad del sillón, a su rechazo que flaqueaba, siguió besándola, comenzó a acariciar sus piernas envueltas en medias de seda, sus senos maduros, a subir bajo las faldas y, cuando la mujer se entregó a un placer desconocido, Hans vio sobre la alfombra, como un pájaro quieto, las primeras bragas de color violeta que condecoraban su masculinidad.

Mientras la penetraba con furia, mientras la vencía, mientras se dejaba arrastrar por un placer doloroso, el príncipe regresaba a casa.

—Volver a casa no es la solución —se dijo Nat, mientras limpiaba con furia el motor de su biplano—. No soluciona las cosas, y no creo que a mi madre le entusiasme que aparezca en París solo para contarle mis problemas. Mi mundo está aquí.

Se subió la cremallera y se caló las gafas.

—No creo en absoluto que sea una buena idea: a ella no le gusta ver la parte oscura de la vida. En el fondo, no me puedo quejar: es una mujer feliz que me libera de las culpas de verla envejecer. Qué digo, ¡envejecer! ¡Annushka Dolgorukov vieja! Bien podría cumplir cien años sin darse por vencida.

Coloca sus manos sobre la hélice hasta hacerla girar, las apoya sobre la madera curva y surge con un chisporroteo festivo la voz dormida del motor.

—No, no iré. Además, solo pensar en la lentitud del barco me quita el entusiasmo. ¿Y qué le digo? «Hola, mamá, padezco de mal de amores y vengo para que me consueles. ¿Puedes consolarme, mamá, o quieres que yo te consuele a ti?».

—Hija mía. No ha sido más que una casualidad. No le des tanta importancia.

Eso le había contestado ya una vez, mientras se pintaba los labios mirándose en el espejo: una casualidad sin la menor importancia.

Se había puesto furiosa entonces. Pero luego se dijo que ya conocía a su madre, que no se le podía pedir otra cosa.

—A ver cuándo aprendo a no irritarme. Aunque pareciera que siempre estoy aprendiendo lo que no debo.

Se sube a la cabina del avión y, presionando suavemente el acelerador, comienza la carrerilla, mientras mira con atención hacia la pista que se abre como una fina cicatriz en el campo, cobra velocidad con el viento y siente que la imagen de su madre se desprende, permanece pegada a la tierra. Pero al aterrizar la encontrará allí.

Casi sin pensarlo se toca el bonito camafeo que pende de su cuello y que representa a un niño montado sobre un delfín.

—Quédatelo —le había dicho su madre cuando se separaron—: fue de tu abuela y te traerá suerte. Y en todo caso, si te hace falta dinero, lo puedes vender. Es una joya antigua y valiosa. Venga, y no te preocupes por tonterías: Oliver es un buen hombre, y él no podía adivinar... Vamos, olvídalo. —Luego, la besó en la nuca.

Ahora el avión se despega de la tierra y la bruma la envuelve. La cabina es un pequeño mundo inmóvil, el único lugar en el que se siente libre, dueña y señora.

Oliver, Oliver, ¿tenía que enamorarse precisamente de él? En realidad no era la única que se había interesado por un hombre que acababa de vivir la revolución más importante de la historia: venía de Rusia, y había descansado solo unos días en París. Todo el Village se había interesado por el guapo periodista, por sus historias, en las que se mezclaba cierta experiencia real sazonada con bastante imaginación. Y los pequeños esnobs, que son los termómetros del éxito, lo habían invitado de inmediato a sus casas.

Entre mujeres de pelo corto que pagaban su propia consumición en los restaurantes y que fumaban cigarrillos, sufragistas activas, feministas ardientes, incluso entre ellas, Oliver había sido el reclamo de una masculinidad que mezclaba en proporciones exactas al señor y al aventurero.

Pero él se había acercado directamente a Nat, sin fijarse en ellas, lanzándole la pregunta mientras le besaba una mano:

—¿Es usted realmente la nieta de Karl Marx? ¡Oh, hábleme de su abuelo!

No, no quiere seguir recordando. Abajo los rascacielos de Manhattan son cuadrados blancos, terrones de azúcar que comienzan a borrarse en la bruma. Brilla el agua y la ciega. Por un minuto cierra los ojos y comienza a volar alto, rápido, y en el cielo, mezclada con el viento, se dibuja la imagen de Oliver. El golpeteo de los pistones se confunde con el de su pulso que se acelera: hace frío.

—¿Por qué demonios tuve que conocerlo?

Sí, era bastante mayor que ella, pero le gustaba. Gustaba a todo el mundo, y esa noche conversaron hasta tarde, sin fijarse en las parejas de mujeres que se abrazaban, en las discusiones que los pacifistas tejían a su alrededor, en las túnicas desceñidas de las jóvenes. Siguieron conversando al abandonar la fiesta, mientras la desnudaba, mientras la tendía sobre la cama de su cuartucho de hotel, mientras la besaba en la garganta, mientras le bajaba con urgencia los pantalones para quedarse luego quemándola por dentro, resistiendo, no con el cuerpo que ya estaba entregado desde que lo vio, sino con el alma que la prevenía, que le decía no seas tonta, no te enamores de este hombre.

Luego él la había esperado muchas tardes cuando bajaba del avión, habían recorrido juntos la ciudad, los pequeños restaurantes que olían a frito, y habían bailado con los apremiantes gemidos de las orquestas de jazz. Iban al teatro, a ver a los amigos, a los actos políticos: hacían todo juntos. Oliver no decía que la amaba, parecía tener miedo a las palabras. Tampoco la llamaba «Nat», y las pocas veces que lo hizo ella sintió que su nombre en aquella voz tenía un significado especial. También sus manos, cuando se encontraban con las de él, dejaban de ser las simples extremidades de todos los humanos para convertirse en algo nuevo y de gran valor, vehículos de un placer tan inesperado como brutal.

En pleno vuelo se relaja, aunque el frío es intenso. Se tapa con su manta de piel. El avión sube y baja dulcemente, planea perdido en un cielo que oscurece en su infinita inmensidad, con las primeras estrellas clavadas. Ella languidece y lo recuerda, Oliver, no debía, no debía enamorarse, y la luna la mira, mira a la mujer que vuela y recuerda a otra mujer que hace tantos años viajaba desde Moscú hacia Francia en coche de caballos también tapada con una manta de piel, y la luna le dice que no se enamore, es peligroso, no pierdas tu libertad, se va a cerrar la trampa, crees que has conquistado el cielo pero entregas el corazón, la luna se lo advierte pero qué más da. Nat vuela abandonada, el biplano pierde altura y la luna blanca sigue su curso solitaria, es inútil hablar con las mujeres, nunca comprenden, no saben nada, siglo tras siglo hacen lo mismo, tontas románticas, no, no le des tus sentimientos, solo el cuerpo, que siempre será tuyo, solo el cuerpo que siempre podrás recuperar. Es inútil, ella lo ama, ya es tarde, está perdida, ¡qué caro lo va a pagar! Nat sale de su somnolencia, abre los ojos y retoma la dirección —solo la de la máquina, la suya vaga sin rumbo—, vuela con suavidad, el tiempo y la distancia pasan en el azul infinito, mira hacia la tierra, volando hacia cualquier parte, como un pequeño planeta desarraigado del mundo.

La avioneta enfila hacia abajo, ve las luces de la ciudad, desciende y las alas sienten la fricción más potente del aire, las ruedas se posan y el motor susurra, con fuerza aún, hasta quedar por fin en silencio.

El sueño del vuelo ha terminado, ha desaparecido el sueño de amor esfumándose ante la hierba que crece, el polvo que se alza en remolinos, la paciencia perdurable de los árboles enraizados y el pesado caminar de los hombres que arrastran su maldición sin alas.

Las alas, antes tan bellas, similares a las de un águila, han perdido majestad y son una vez más inertes y pesadas: metal, cola endurecida y madera.

En el cielo sigue flotando la imagen de Oliver.

—¿Que vayamos esta noche al Dôme? ¿Y para qué? —dijo Annushka, mientras se desperezaba al despertar de su siesta—. ¿Se nos ha perdido algo entre los americanos? Sabes que me aburren las reuniones de artistas.

—Pues no me pareció que te aburrieras tanto la noche en que te conocí.

—Bah, esa fue una noche excepcional. Si yo no hubiera tomado la iniciativa, ahí seguiríais, jugando a componer sonetos.

—Sabes bien que ninguno de nosotros escribe sonetos...

—No te enfades. Venga, Guy, te acompaño. Pero deja que me despabile y me bañe.

Ya era tarde cuando se acercaron al Carrefour Vavin. Frente a la rotonda estaba el Dôme, un bar al que a partir de las seis de la tarde comenzaban a llegar los americanos que residían en Montparnasse, aunque parte de ellos, los que ascendían a mejor posición, ya se había cambiado al otro lado del río.

El bar estaba repleto cuando entró Annushka, que se había puesto un conjunto de Patou de terciopelo y raso. El vestido era ajustado y marcaba su delgada silueta al tiempo que tendía cierto manto piadoso sobre las imperfecciones de la edad. Era hábil para vestirse, y ahora estaba cubierta por una capa. Realmente era bella aún, y Guy la llevaba del brazo como quien exhibe un trofeo.

—Parezco tu madre —le había susurrado ella cuando descendían del coche.

—Dignifiquemos el Edipo, querida. Ven, Yocasta, dejaremos turulatos a los americanos con la libertad de nuestras costumbres.

—Eres un provocador.

—¿Y tú qué?

—No bebas demasiado.

—Vale, mamá.

—Oh, cállate. Mira adentro, fíjate qué zoológico.

Cuando entraron en el café Annushka le dijo al oído:

—Allí veo a la muchacha-efebo de la fiesta dadá. Aún lleva su pluma de pavo real. ¿Y ese pintor con cara de mico es su amante?

—Qué va. La muchacha se llama Zoe, y aunque la persiguen hombres y mujeres, nunca tiene una pareja estable. Ahora es modelo de un fotógrafo americano llamado Man Ray. Ella posa, se deja manosear o mirar por unos pocos dólares. Pero ni sueñes que se acostará contigo: es virgen.

—¿Virgen?

—Pues sí. Y tiene una curiosa forma de ganarse la vida: ha apostado a todos los parroquianos del Dôme que no perderá su himen en lo que queda del año. Si logra preservarlo, le darán lo que se haya juntado en las apuestas, y van por los diez mil dólares. Tú ya sabes que es fogosa como una pantera, pero tiene las piernas lo suficientemente apretadas como para que no se lo rompa ni un cañonazo. Es el virgo más caro del mercado y el que provoca más expectativas en todo París.

Zoe vio a Annushka y reconociéndola le dirigió una gran sonrisa. Le caía bien aquella mujer que pocas noches antes la llevara al paroxismo; al saludarla, tembló la pluma de pavo real sobre su cabeza. Llevaba un vestido transparente hasta la cintura y muy corto. Bajo la gasa de seda Annushka percibió cómo se erguían los pezones de aquellos senos perfectos que bien hubieran cabido en sendas copas de champán.

—De alguna forma tiene que vivir la pobre muchacha —susurró mientras le devolvía el saludo—. Te diré que quien la consiga conocerá la gloria. La otra noche vi cómo ardían sus piernas: es un volcán. Por cierto, nunca comprenderé por qué los americanos hacen un viaje tan largo para encontrarse con sus vecinos: míralos, todos parecen trasplantados del Greenwich Village.

—París es mucho más barato que Nueva York, y además ellos esperan algo de nosotros. Tú lo sabes bien; la distancia no empequeñece las cosas: las agranda.

Algunos jóvenes artistas ya habían adoptado el traje y las maneras de la bohemia. Pero no solo estaban los americanos: polacos, rusos, húngaros, escandinavos y hasta japoneses mantenían fervientes discusiones estéticas en una lengua babélica que incluía cualquier idioma, menos el francés.

Annushka practicó la cordialidad en varias lenguas, pero al rato estaba cansada. A su lado se había derrumbado un noble ruso adicto al éter que había terminado de vender todas sus alhajas y que ahora trabajaba como mayordomo.

Intentó cazarle una mano, pero a mitad de camino ya había olvidado su propósito.

—Yo adoro las películas americanas del Oeste y las de Edison. Me gusta ver a los actores brincar ante las cámaras; ¡oh, qué vitalidad! —decía en un inglés pastoso—. Adoro el cine de su país.

Y luego cambiaba de silla, intentando coger al vuelo otra mano femenina para repetir, sin éxito alguno, la misma frase.

Alguien decía:

—Leer a Gide da mal aliento.

—Es verdad: ¡la literatura ha muerto!

—Pues es un cadáver que da mucho que hablar —pensó Annushka, aburrida y a punto de marcharse.

—¡Destruyamos el arte burgués!

Annushka tomó su capa, y ya iba a ponérsela cuando levantó los ojos: entonces lo vio.

Al fondo del bar, aislado, como si un aura lo separase del mundo, estaba sentado un hombre. Era alto, no demasiado joven, rubio aún. Vestía una camisa rosada y pantalones de algodón verde. Su postura era desmadejada, como si no le importase en absoluto lo que estaba sucediendo allí. Entre las manos grandes tenía un vaso en el que tintineaba el hielo y la fragilidad del cristal subrayaba aún más la energía contenida de aquellos brazos desnudos hasta el codo. Dejó el vaso sobre la mesa, sacó su pitillera y encendió un mechero de plata que hizo chasquear varias veces ante su propia cara. Y así permaneció, fumando despreocupadamente.

Annushka tuvo la sensación de que si el hombre se ponía de pie rozaría con su cabeza el techo. No era realmente hermoso, pero su atractivo resultaba brutal. Zoe, caminando con liviandad entre las mesas, se colocó a sus espaldas y le susurró:

—Es el reportero americano. Ha estado en México durante la revolución, en Rusia en las barricadas y estará siempre en cualquier lugar en donde se encrespe el mundo. ¿No lo encuentras fascinante? No habla con nadie, pero su punto débil son las caras bonitas; hay que ver cómo le brillan los ojos cuando ve un buen trasero. No sabemos de qué vive, a veces es tan rico como Creso, pero ahora hay que pagarle hasta las bebidas. Una noche, cuando estaba muy borracho, me ofreció cinco mil dólares por mi virgo. Y si sube un poco su oferta, ¡qué demonios!, sin pensar en el dinero que pierdo me abro de piernas.

Ausente, como si no hubiese escuchado a Zoe, Annushka se levantó. La capa que la cubría resbaló de sus hombros hasta caer al suelo.

Por un segundo se congelaron las conversaciones y todos la siguieron con la mirada, desearon a esa mujer aún hermosa porque era rica y vivía desde hacía años en París. Se murmuraba que acostarse con ella era conocer los furores de una leona, y que además quien compartiera su cama y la complaciera tenía abiertas las puertas de una ciudad a las que los extranjeros golpeaban afanosamente durante meses y que permanecerían cerradas tal vez durante años.

Guy observó el leve temblor de las caderas de su amante y supo que esa noche dormiría solo. La vio cruzar el salón, ciega a las miradas, y acercarse al americano. Al verla, él se puso de pie. Levantó un poco el vaso y esbozando un leve brindis en el aire le acercó una silla.

Frente a frente, sin hablarse, acodados en la mesa, transpiraban la energía de dos animales en celo que esperan el momento de aparearse. Así permanecieron durante horas, hasta que se marcharon todos, hasta que Guy, sin decir una palabra desapareció, hasta que el local quedó en calma y el camarero les dijo:

—Perdón, tengo que cerrar.

Casi amanecía cuando partieron en silencio y se dirigieron a Zelli, un nuevo centro de jazz cerca de la Place Blanche, de atmósfera siniestra, en el que parecía posible cualquier perversión. Salía el sol cuando, ante una orquesta somnolienta, bailaron por última vez; era mediodía cuando Annushka cogió su coche y llevó al hombre deprisa a su propia casa y lo tumbó en su cama, desvistiéndolo lentamente; el sol entraba a raudales cuando corrió las cortinas para que no la cegara el hombre desnudo, y luego lo montó, sin contenerse ya, sin poder acallar un orgasmo vehemente y continuo que había comenzado en el momento en el que lo vio en el bar, cuando penetró en su aura, un orgasmo que aún le duraría a Annushka dos meses, que la dejaría exhausta por primera vez en su vida, alejándola de los hombres, pues el solo recuerdo del periodista tendido en su cama la hacía jadear, gozar hasta el dolor, revolcarse y reconocer por fin que por segunda vez en su vida había caído en las redes temibles del amor.

Y era otra vez de noche cuando Annushka lo vio vestirse, lo dejó partir mientras decidía no verlo nunca más, pues si la casualidad la ponía de nuevo en contacto con ese sentimiento terrible ella sabría escapar, desgarrar las redes, evitar el caos. Mientras le daba dinero a manos llenas le dijo:

—Toma, cóbrame, no lo hagas por placer. Mira, aquí tienes suficiente para comprar el virgo de Zoe, para comprar a todas las mujeres que quieras, pero aléjate de mí. Tú no eres más que un aventurero. Vete, vete de una vez, porque si vuelvo a verte serás mi perdición. Anda, enamora a Zoe, a ella le gustas, no me busques a mí, no me digas ni cómo te llamas. No, no me lo digas.

Más tarde, mientras paseaba sola por las largas avenidas bordeadas de árboles, aromada por la luz suave de París, por el aire penetrante, se avergonzó de su debilidad y decidió que aquel día no volvería a casa, que no iba a regresar hasta que terminara su furor.

Y aquello no sucedería hasta dos meses más tarde, cuando por fin se apagó la hoguera.

Una vez que poseyera a la mujer de las bragas de color violeta, la vida de Hans comenzó a transcurrir de ascenso en ascenso, de júbilo en júbilo, de exultación en exultación.

Tenía dinero —incluso podía ahorrar—, camisas limpias a las que no les faltaba ni un botón, trajes cepillados, y sus modales se pulieron bajo las enseñanzas de la mujer, quien, debido a la diferencia de edad, era a veces más una madre que una querida. Sabía comportarse, relacionarse sin cometer errores, y sus sentimientos se iban cubriendo de una lámina de metal que lo distanciaba del mundo. Así, menos expuesto a las pasiones, desarrolló la frialdad que suele acompañar al éxito.

Por la extraña simbiosis que muchas veces se da entre maridos y amantes, por aquella curiosa intimidad que se produce entre las piernas de la misma mujer, ahora a Hans le gustaban las armas y se había comprado varias pistolas, que tenía siempre limpias y bajo llave.

Tampoco podía quejarse de la mujer. Habían encontrado en el antiguo invernadero un lugar seguro que los defendía de los regresos inesperados del marido, que a punto estuvo de pillarlos la primera vez. Ella sufría, porque no ignoraba que el amor del muchacho se le escaparía entre los dedos, pero se entregaba puntualmente todos los viernes y durante una hora, tiempo que era suficiente para acallar a la fiera que —ahora lo sabía— llevaba dentro.

Todo hubiera podido continuar así durante años, si Hans no hubiese cometido un error insalvable.

Por aquellos días, entró al servicio del príncipe Heinrich un joven judío llamado Trebitsch, antaño soplador de vidrio, con aspecto de tísico y experto en armas. Era un hombre tímido pero inteligente, se decía que comunista, y por alguna extraña casualidad se ganó de inmediato la confianza del príncipe. Este —tal vez porque sospechaba los amores de su mujer, tal vez simplemente por capricho— lo tomó abiertamente bajo su tutela, comenzó a pagarle un sueldo muy superior al de Hans y le permitió cenar con él en la gran mesa.

Mientras comía en la cocina con los criados, Hans, masticando su humillación, comenzó a cebarse con un odio visceral. Así pues espió los andares de Trebitsch y descubrió que se reunía con obreros comunistas, luego lo oyó incitarlos a la huelga.

Por aquel entonces la doble cama de Hans y su deseo de escalar posiciones lo habían llevado a participar de una sociedad secreta. Su inductor fue el general, quien presentó el muchacho a los conjurados y, bajo la trémula luz de una vela, prestó juramento. Su primera labor fue de espionaje, y su primer blanco, Trebitsch.

Comenzó a mirarlo como si fuese su presa, su patrimonio. Una noche, cuando el pequeño judío bajó a la bodega, lo siguió, y amenazándolo con una pistola le tapó la boca al tiempo que le decía:

—Sucio judío comunista. Voy a denunciarte, los de la Liga Cívica Nacional terminarán contigo. ¡No tienes dinero suficiente para pagar mi silencio!

Así comenzó a golpearlo. El judío recibió los golpes sin emitir una sola queja, y esta actitud digna enconó aún más a Hans, que disfrutaba sometiendo a alguien que consideraba inferior, cobrándose sobre las espaldas del hombrecillo todas las humillaciones a las que él mismo había sido sometido. Cuando el judío estuvo de rodillas, le bajó los pantalones y se vengó de la violencia que un año atrás él mismo había recibido del general, mientras lo poseía tirado en el suelo húmedo de la bodega, conoció por fin el dulce sabor de la victoria, al tiempo que sentía un placer tan bestial que incluso lo llevó a olvidar lo que había aprendido entre las piernas de la mujer con bragas de color violeta.

Apalear a un judío era un certificado de valentía, un ascenso. Así se lo hicieron saber sus superiores, al poco tiempo llevaba en la solapa de su traje beige una pequeña cruz gamada que exhibía con orgullo.

Cuando iba por la calle se llevaba la mano a la insignia para que todos se percatasen del emblema amenazador, pero muchos lo miraban con indiferencia o incluso se mofaban de él, y aquello provocaba en Hans un terrible desconcierto.

Hubiera querido que todos se echaran a temblar, pero la única que parecía temerle era su amante que, cuando reconoció el símbolo, comenzó a alejarse del muchacho, asustada de aquellos amores que —ahora lo comprendía— habían llegado demasiado lejos.

De pronto cayó en la cuenta de que había entregado su honra a un muchacho indiscreto, de que estaba en peligro y de que, si la denunciaba, no tendría tampoco ella escapatoria: nadie, ni su marido, ni su cuñado el general, saldría en su defensa. Y antes de que el muchacho descubriese que también ella era judía, decidió que era prudente evitar sus dobles servicios.

Y no le resultó difícil.

El tiempo dulcifica la pasión. Realmente estaba cansada del muchacho, de su simpleza, y lo que comenzó como un juego romántico ya no era más que un encuentro febril cada vez más espaciado. Así que murmuró al oído de su esposo que el pequeño Trebitsch había desaparecido por culpa de Hans, y dulce, muy dulcemente, se sentó tras su escritorio antes de llamarlo a su presencia.

—Hemos decidido prescindir de usted, Hans —dijo, y parecía hablarle desde lo alto de una torre—. Tendrá su dinero, dos pagas por las molestias que le causamos, y un mes para buscar otro trabajo. Y ahora, si no le importa, retírese, estoy ocupada. Ah, olvidaba algo: ha desaparecido una de las pistolas del príncipe, de modo que están ahora registrando su habitación.

La mujer le tendió un sobre con el dinero. Cuando lo vio partir azorado se juró que nunca, nunca más, volvería a engañar a su marido.

Hans, herido de muerte por la humillación, sintió que para aquella mujer no había sido otra cosa que un criado, un semental, un lacayo, un miembro de la servidumbre, un juguete con quien escapar del aburrimiento y, antes de que se lo acusara de robo, abandonó la casa donde se había acostumbrado al lujo y había conocido tanto el éxito como el más estrepitoso de los fracasos.

Vagó desconcertado por Berlín, un Berlín sacudido aún por las recientes catástrofes, entre los desconchones de las fachadas de estuco, solo en una ciudad que parecía un cadáver de piedra gris, entre mutilados de guerra que ofrecían opio y cocaína, homosexuales que competían con prostitutas bajo las mismas farolas, niños sin abrigo que tendían sus manos a los extranjeros repitiendo «*money*», toda una población medio hambrienta que envidiaba a los pocos que aún nadaban en la abundancia, una población congelada y a oscuras por falta de combustible, que odiaba a la vez a los aliados y a sus propios militares que la habían hundido en el desastre.

Finalmente, con el dinero que tenía ahorrado, Hans alquiló una habitación en un hotel de lujo, compró ropa y armas que luego tendría que vender, y se dedicó durante un mes a pagar por aquello que la mujer le entregara gratis. Entre sábanas de seda vejó a muchachas pobres, a hombres asustados ante quienes se sentía seguro viendo en todos a un enemigo, un bolchevique al que denunciaba luego para conseguir algún dinero. Y cuando la pobreza amenazaba con llevarlo nuevamente al lugar en el que comenzara su precaria existencia, inmerso en una nación colérica donde la violencia se enroscaba, se crecía y se aprestaba a saltar, el destino volvió a tenderle un anzuelo poniendo en su camino la buena fortuna, que esta vez vino de manos de Sacha Nikólaievich.

Nat descendió del avión, sacó de la nave su viejo Ford y comprobó si tenía alguna rueda deshinchada. Luego se cambió de ropa para enfilar hacia el Red Lion, donde se encontraría con Eileen. Era su cumpleaños, y deseaba celebrarlo con su amiga, solas en casa. No se sentía de humor para fiestas.

Ya cerca del recinto universitario pensó que no estaba dispuesta a escuchar las interminables conversaciones sobre novela rusa, o sobre posibles viajes a París, que parecían ser los monotemas de los que allí se reunían. Nada, buscaría a Eileen y regresaría con ella.

El vuelo la había agotado y no sentía ganas de charlar: solo un buen baño y a la cama.

Eileen, como buena hija de irlandeses, se sentía profundamente americana, y como se sentía profundamente americana, su meta era marcharse a París.

—¿Otra vez lo mismo, Eileen? —dijo Nat, mientras conducía hacia casa—. ¿No te cansas?

—Allí viviríamos mejor. Yo no tengo dinero, ya lo sabes, y tú te empeñas en rechazar el que te envía tu madre. Piensa que podríamos vivir bien solo con el alquiler de tu piso en Manhattan. Y eso me daría tiempo para conseguir algo interesante.

—¿Vivir cerca de mi madre? ¿Tú crees que me he vuelto loca?

—Vamos, Nat. ¿Durante cuánto tiempo piensas que puedes mantenerte haciendo piruetas en el aire?

Ya habían llegado. Arrebujadas en los abrigos subieron las escaleras y se tiraron rendidas en el sillón.

—Adoro los aviones. Tú no puedes imaginar...

—¿Lo que es vivir sin dinero? Lo puedo imaginar perfectamente: no hay más que mirar a nuestro alrededor.

—¿Y por qué no podría yo mantenerte?

—Porque pronto nadie va a querer esos aviones que tú tanto adoras. Son absurdos, y cualquier día te vas a matar. Y porque nadie contrata en los Estados Unidos a una periodista como yo que escribe sobre los Estados Unidos: hay demasiada gente que lo hace. Vamos, Nat, por lo menos piénsalo.

Y Eileen miró la vieja Underwood con las hojas sueltas y el papel en blanco: quería ser escritora, pero ¿cómo? Una y otra vez le devolvían sus textos, y el poco dinero que le dejara su padre estaba tocando a su fin. Su padre había sido un irlandés tozudo que mantuvo a toda su familia vendiendo juguetes de cuerda, cajitas de música, arreglando relojes. Pero ahora todo había terminado.

—Allí tal vez podría mantenerte yo a ti, Nat. Te debo tanto dinero que tendría que venderme en la vía pública hasta los noventa años para pagarte. ¿Realmente piensas que puedes seguir viviendo de algo así como ser la Búfalo Bill del aire?

—¿Nos queda algo para beber? Estoy congelada. Hoy he pasado un frío terrible en el avión. Anda, que es mi cumpleaños. Brindemos.

Eileen se levantó a buscar una botella y regresó con una de un cuarto de bourbon que escondía bajo su cama y a la que le quedaba apenas un fondo.

—Fin. Hasta el mes que viene. Brindemos. Luego te daré mi regalo: te va a encantar. Lo he construido yo misma con algunas piezas que aún quedaban de los juguetes que hacía mi padre. Y ahora ve a tomar un baño para relajarte. Probablemente también nos corten el agua caliente...

Nat se quitó las botas y las tiró bajo el sillón. Se puso de pie, mientras se acercaba al baño se iba desvistiendo. Eileen la observó, antes de que desapareciera en el cuarto de baño sintió deseos de acariciarla, pero se contuvo.

Ya estaba desnuda cuando abrió el grifo. Llevaba el pelo muy corto y era delgada y alta como un muchacho, con las espaldas algo más anchas que las caderas.

—¿Y qué tal la universidad? —gritó Nat desde el baño.

—Como siempre. Hoy encontré a un chino que venía por los pasillos recitando poemas de la dinastía Tang: me alegró la mañana. Pero el resto está como siempre: deprimido. A casi todos los muchachos les está costando mucho volver a adaptarse a la vida civil... ¡Si nos hubieran hecho caso a los pacifistas! Y el año que viene se acabó, todos a la calle. Por suerte, porque ya no tengo dinero para pagar la universidad.

—Ya sabes cómo son los hombres, Eileen.

—¿Qué? ¿Otra vez Oliver a la vista? Cuando comienzas con esos discursos antimasculinos ya sé adónde vas a parar.

—¡Oliver a la vista! Ojalá. Hace casi un mes que ha desaparecido.

Y el recuerdo se hizo más perturbador, aunque rara vez dejaba de pensar en Oliver. Estaba en su mente con tanta fuerza que le resultaba imposible sacarlo de allí: apenas sabía cuándo pensaba realmente en él, era como una parte de sí misma.

—Tú ya sabes cómo es: no se resiste a un par de piernas bonitas.

—¡Oh, cállate! ¿Esto es lo que llamas un baño relajante? Si sigues con eso, me tapo la nariz y me ahogo ahora mismo en la bañera.

—Ya, ya lo veo. Oliver otra vez.

Nat no contesta.

—¿Nat? ¿Estás llorando?

—No, ya me estaba poniendo morada en el fondo de la bañera: me has salvado la vida. Déjame en paz.

—Nat...

Eileen está indecisa. Desde el baño llegan auténticos sollozos, no sabe cómo consolar a su amiga. Lleva meses así, desesperada porque el teléfono no suena, comiendo poco y aislándose cada vez más del mundo en su viejo avión.

—¿Sabes algo de tu madre?

Ahora los sollozos se hacen más intensos y Eileen, decidida, entra en el baño. Coge una toalla y saca a su amiga del agua, la abraza como si fuese un bebé, la frota para que no se enfríe, la tiende en la cama. Nat se acuesta y gimotea, con la cara hundida entre las almohadas. Eileen le acaricia el pelo, la espalda, oh, Nat, no, no llores así, le besa la nuca, la obliga a darse la vuelta. Nat se tranquiliza y Eileen entre mimos la obliga a beber los restos del bourbon, la besa en los labios, en los párpados.

—No, no llores, Nat, no vale la pena. Ven. Te daré mi regalo. Verás cómo te gusta.

Casi sin interrupción Nat pasa a arrebujarse contra su amiga. Aunque su madre lo ignore, aunque la suponga pacata, es una muchacha sensual y basta cualquier caricia para hacerla rodar por la pendiente del deseo. Eileen la ha visto llegar al orgasmo con solo tocarle un pie, y ahora sabe que debe ayudarla. Nat parece dormida y gime, y con las manos bajo la manta comienza nuevamente a masturbarse. No en vano es la nieta de Natalia Petrovna, la hija de Annushka Dolgorukov. No en vano. La pena es que junto con el deseo siempre despliegue todo el catálogo de sus sentimientos.

—Por favor, por favor —está diciendo Nat—, alcánzamelos.

Eileen va hacia la cómoda, abre el cajón y saca una colección de consoladores que Nat trajo desde París. Son muy bellos y antiguos: los hay japoneses de marfil, de ajado terciopelo rosa, orientales, de cristal veneciano. Con el criterio práctico de los emigrantes piensa que pronto, si no consigue trabajo, tendrán que venderlos. Pero ahora no. Le alcanza el que Nat utiliza más a menudo, que representa a una estatua griega y que tiene dos nombres grabados: «Natalia-Piotr».

—Son para ti, hija mía —había dicho Annushka cuando se los regaló—. Sabes que yo prefiero a los hombres. Son valiosos, más que el camafeo, y fueron también de tu abuela.

Nat los había recibido en silencio, sin atreverse a confesar a su madre que eran para ella objetos de primera necesidad.

—Ay, hija, que los disfrutes. A tu pobre abuela le encantaban. Y anda, no seas tan puritana, dame las gracias.

—Nat...

La muchacha se ha destapado, y hunde el masturbador entre sus piernas: parece que estuviera sola en el mundo.

Eileen la oye gemir, la ve retorcerse, percibe que la tensión es tanta que no logrará relajarse.

—Nat, toma, mi regalo de cumpleaños.

Y coloca entre las manos de la febril onanista un objeto alargado, con forma de falo, que tiene pintado un avión y en uno de sus extremos una cuerda. Nat no lo ve, pero lo atrapa e intenta chuparlo.

—No, deja que te muestre cómo funciona.

Entonces Eileen toma su regalo y le da cuerda.* El consolador comienza a vibrar, y ella misma lo acerca a las piernas de su ami-

* Eileen O'Brien nunca cumplirá con su deseo de vivir de la escritura. Sus dotes de comerciante y su natural ingenio para la mecánica la llevarán por derroteros bien diferentes, pues se hará millonaria con la primera fábrica de vibradores del mundo.

ga, roza la piel interior de sus piernas, vibra que te vibra, lo acerca a los pezones que se estremecen ante el movimiento, a sus labios que intentan asirlo. Pero Eileen no la deja, lo retira y vuelve a darle cuerda y cuando el aparato tiembla con más vehemencia lo hunde por fin dentro de Nat que ahora salta y se curva, grita, alcanza el orgasmo, sonríe por fin y cae en brazos de su amiga. Ya no llora, se está durmiendo, se está durmiendo.

Después, cuando cae la noche, salen en silencio y abrazadas a pasear por la Quinta Avenida. Un borracho coge a Eileen del brazo e intenta contarle su vida. Está lloviendo, y se defienden de los paraguas oscuros, de los hombres pálidos que corren subiéndose el cuello del abrigo, de las dependientas cansadas que saturan la calle con sus risas estridentes.

La lluvia les proporciona un sentimiento de abandono, y los numerosos aspectos desagradables de la vida de ciudad sin dinero ya no les importan.

Entran en un local buscando música fuerte.

—Lo de París —insiste Eileen—, piénsalo, Nat. Tal vez si yo escribiese algo bueno allí... ¿Por qué no? Allí podríamos tener un golpe de fortuna...

El nuevo golpe de fortuna que hizo virar el destino de Hans Klitsche no lo ocasionó la fatalidad sino la ignorancia, porque a veces la ignorancia es un aparato febril que mueve la rueda de la casualidad. Y fue el poco interés que Sacha se tomara por la vida del muchacho lo que puso la trampa en movimiento.

Sacha Nikólaievich, con el paso de la edad, había ido aficionándose más y más a los jovencitos, como si la senilidad lo arrastrara hacia una especie de vampirismo que lo hacía encontrar en la vitalidad de los efebos el resorte que disparaba su entusiasmo. Era como si poseer carne nueva despertase en él un placer que con los años se iba sumergiendo en aguas profundas y fangosas. Seguía recorriendo los puentes de París, la oscuridad de los parques, los bares solitarios donde la prostitución masculina era corriente, y regresaba con un chaval a casa, a veces casi un niño, hecho que a Hans lo tenía absolutamente sin cuidado.

Hans actuaba como espectador, se incluía si se terciaba, o se iba simplemente a su cama, sin molestarse en absoluto. Aquella noche de invierno Sacha había invitado a uno de sus jóvenes amigos a cenar.

Para romper con la rutina, a la manera de Huysmans y en el mejor estilo decadente, el viejo había decidido organizar una cena suntuosa, en la que se exhibirían manjares de un solo color.

—¿Una cena de color negro? —se sorprendió Hans—. Será muy difícil...

—Espera —había dicho Sacha, frotándose las manos—. No importa el dinero, lo he gastado a montones. Y verás, querido, verás lo bien que lo pasaremos. Y, por cierto, mi invitado es un ser excepcional.

Entusiasmado con el proyecto, Hans estuvo desde muy temprano ayudando a los criados a cubrir las ventanas y los espejos de cortinajes negros. Llegaban lágrimas de azabache para las arañas, un ciprés funerario para el centro de la sala, un cuervo en una jaula de alambre de plata, un grillo en una caja de cristal. Llegaron telas y brocados, una mesa magnífica de obsidiana que provenía del lejano México, una mosca tallada en ónix para el centro de la mesa.

Por la tarde hicieron su aparición dos africanos hermosos como cariátides que servirían la cena desnudos. Luego los manjares: sobre fuentes de plata había caviar de Rusia, sopa de tortuga, mejillones tapados por su valva, arroz teñido con la tinta más negra del calamar, aceitunas españolas negras como el carbón. Había fuentes de ónix con uvas oscuras, cerezas de hueso negro, panes oscurísimos de centeno, salsas de regaliz y de arándanos, dulcísimos pasteles griegos rebozados con semillas de amapola, el chocolate más puro traído de América, vinos de La Limagne, café, licores de nuez.

—Toma, muchacho, esta es tu ropa —decía Sacha, trajinando feliz en torno a la mesa y tendiéndole un frac—. Diles a los africanos que sirvan la mesa con estas zapatillas de plata. Y controla que todo esté bien, verás que mi invitado lo merece. Me voy a cambiar.

Hans, divertido con la idea, se afanaba y, cuando la comida estuvo lista, supervisó las viandas, ya estaba vestido para la ceremonia cuando oyó el timbre.

Entonces Sacha reapareció en el comedor con un aspecto imponente. Vestía una larga túnica negra, y se había adornado las manos con un ópalo negro cuyos destellos increíbles atraían la mirada del joven; nunca había visto una piedra igual. Los múltiples fuegos que escondía en su corazón reflejaban la luz de las velas y devolvían verdes intensos, morados, un calidoscopio ígneo capaz de atraer cualquier mirada.

—Dicen que atrae la mala suerte —dijo Sacha—, pero no es verdad, es una piedra de un valor incalculable. Me la regaló el padre de Annushka cuando me casé con ella y es la primera vez en la vida que me la pongo. Y ahora que la veo, ¡por Dios, que no será la última!: es demasiado hermosa. Durmió durante casi treinta años en mi caja fuerte y es hora de que recobre su libertad. ¡Mira, mira qué collar!

Asombrado ante un lujo que no había visto ni por asomo en Alemania, Hans admiró un collar de perlas negras y un gran colgante de turmalina, piedra que los expertos dicen que no procede de este planeta. Un zafiro estrella ceñía su dedo meñique y, así vestido, Sacha parecía un oficiante en todo su esplendor. El timbre volvió a sonar.

—Hans, muchacho, abre, abre. Vamos, deprisa.

Aún atónito por el despliegue del viejo, Hans abrió la puerta. Apareció en el umbral un jovencito rubio como el oro, timidísimo, con modales de señor. Podría habérselo confundido con una muchacha, pero la frialdad de sus rasgos tenía algo profundamente masculino que resultaba inmediatamente desmentido por los gestos lánguidos. Era como si hubiese nacido mujer para luego titubear un poco acercándose al andrógino y, finalmente, hubiera cuajado en hombre. Detenido bajo el dintel de la puerta, le pareció a Hans un ser extraño y excepcional. Sintió celos.

Sin mirar apenas a Hans, el joven le tendió el abrigo, pensando sin duda que el frac señalaba a un lacayo, y sorprendido, sin saber qué hacer, Hans lo recibió. Luego, muy molesto, conteniendo su furia, lo introdujo en el salón.

—El señor...

—Reijenstein. Isaac Reijenstein —silabeó el muchacho.

La voz del efebo era hermosa. Parecía brotar de algún lugar muy íntimo, imprimiendo a su modulación juvenil un tono adulto.

—¡Sacha, querido, qué idea tan original! —dijo, mientras corría hacia los brazos del viejo.

—Entierro mi vida sin ti —suspiró el viejo—, porque yo estaba muerto antes de conocerte, muerto de aburrimiento. Ven, siéntate a mi lado.

—Hans... —Sacha parecía estar señalándole con los ojos que debía retirarse.

El joven lo interrumpió:

—Es hermoso tu criado, imponente. Pero dile que se vaya, ardo de deseos de que estemos solos. Aunque, en realidad, los ojos de un criado...

—Hans... —Y Sacha se volvió para mirarlo, divertido con la confusión vaciló un poco, y por fin se decidió por una de las dos vías:

—Retírese, Hans.

Sin mediar otra palabra, el alemán abandonó la habitación y fue a sentarse, a oscuras y furioso, en la sala contigua, una biblioteca que se interponía entre el comedor y el dormitorio de Sacha.

Del comedor le llegaban risas y gorjeos, ruido de vajilla, el estallido feliz del joven, sus palmoteos al ver entrar a los africanos desnudos, el entrechocar de las copas de cristal.

Luego silencio.

Aquello era más de lo que podía soportar Hans. No le importaba en realidad que lo excluyesen, pero era incapaz de perdonar que se lo hubiese confundido con un criado.

Y Sacha, ese viejo decrépito, ese pederasta que tantas veces bramara entre sus brazos, ese viejo maldito, había entrado en el juego. No, aquello no debía, no podía quedar así.

Aún vaciló unos segundos en la oscuridad de la biblioteca, pero luego un impulso extraño le hizo abrir la puerta y entró en el gran comedor.

La imagen abrupta le golpeó los ojos: en una otomana estaba tendido el joven desnudo fumando una pipa de opio, más blanco si cabe contra el negro del sillón de terciopelo. Sobre una fina capa de bálsamo con la que Sacha lo había untado con primor había sido espolvoreado con polvos de plata, y el brillo de su piel aceitosa y desnuda se definía aún más bajo la luz de las llamas de la chimenea que hacían relumbrar sus senos de púber.

Tenía el sexo escondido entre las piernas, el cabello revuelto, las mejillas rojas, los párpados traslúcidos y casi cerrados. Así tendido el joven era la imagen misma del andrógino: bello como Cupido, cándido, sobrehumano y extraño. Sacha, sentado a su vera, estaba cubierto apenas por una manta de astracán y le acariciaba con veneración las piernas, que eran lampiñas como las de una muchacha.

Anegados por las sombras los muebles tomaban proporciones desmesuradas; brillaba aún la luz amarilla en un candelabro que hacía refulgir los metales agotados por el uso. Las velas con las que habitualmente se iluminaba la casa —Sacha huía del claro y brutal alumbrado moderno— estaban llegando a su fin y goteaban su esperma sobre el mármol de la chimenea; desprendían las facetas de las sortijas de Sacha un fulgor que a Hans le pareció siniestro.

Seducido por la escena, excitado muy a su pesar, Hans se quedó en silencio. Pero se sobrepuso a la angustia y con una voz contenida, sin saber si avanzar o retroceder, susurró:

—¿Desea algo más el señor?

Y dijo la palabra «señor» subrayándola con un deje irónico, por el que se filtraba su furia. Y aquí fue donde Sacha perdió su última oportunidad.

—Oh, no, nada, nada, querido. Me había olvidado de ti. ¿Has cenado?

—No, señor.

Entonces Sacha dijo la frase fatal:

—Pues vete a la cocina con los criados y come algo. Y muchas gracias, Hans, hasta mañana. Dile por favor al servicio que puede tomarse el fin de semana libre, y tú también. Vete, Hans. Vamos, vete, quiero quedarme solo esta noche. Vete con los criados.

Y mientras decía esto volvió a acariciar la pierna del andrógino, quien levantó los párpados y miró a Hans entre una nube de humo, con una mirada fría como una navaja.

Con paso gatuno Hans se retiró, pero no abandonó la casa, esperó agazapado, escondido en la biblioteca, vio pasar al viejo que se llevaba al efebo a su cama, vio llegar la madrugada, asomar un pálido sol, escuchó al joven gemir como un hombre, suspirar como una doncella y luego, por fin, lo oyó llamar a un taxi desde la calle nevada y desierta, esperó recordando al príncipe Heinrich, a la mujer de las bragas de color violeta, esperó mordiendo todas las afrentas de su vida y volvió el recuerdo de Trebitsch sobre el suelo húmedo de la bodega, el pequeño judío Isaac Reijenstein, el maldito efebo judío. Entonces esperó hasta que la casa estuvo en silencio.

Entró en la habitación y vio al viejo que dormía en la indefensión de la desnudez, cubierto apenas por las sábanas en desorden, unas sábanas que Hans nunca había compartido y que aún preservaban el olor salvaje de la cópula, y extraviado en su orgullo de hombre pensó que aquella piltrafa, aquel superviviente de un imperio moribundo, lo había tratado como a un criado, a él, a un alemán, un ruso de mierda que era menos aún que un francés, ese despojo senil lo había humillado, y entonces, presa de un odio que se enroscaba y se crecía, supo que ese hombre no merecía vivir y tomando la pesada estatuilla de obsidiana de la mesilla de luz la levantó con furia sobre la cabeza del viejo.

—Le partiría la cabeza —piensa Nat—. Me lo comería crudo. Eileen no me comprenderá jamás. Para ella la vida es sencilla: dinero y triunfar como periodista. Y algún día, un buen hombre, o una buena mujer, o ambas cosas a la vez. Pero yo no soy así. ¿Y por qué demonios no soy así?

Camina nerviosa, y frente al Delmonico's se sube a un autobús. Hoy no cogerá el coche porque quiere pensar, quiere que la lleven sin destino fijo para saber qué debe hacer con Oliver.

Abrochándose el abrigo sube al piso de arriba para viajar sola, y mira por la ventanilla la lluvia que cae desde hace una semana. El asiento está húmedo. Una mujer ya mayor le sonríe vagamente, como si con la sonrisa quisiese congraciarse con la humanidad.

—¡Maldita vida! Mi madre podría ser como esa señora. Alguien sencillo, que no llamase la atención. Alguien normal.

Los números de las calles de Riverside Drive aparecen borrosos en la niebla y los árboles gotean. Cree que está en la calle Ciento Veintisiete, pero le da lo mismo. Ahora la mece el traqueteo del autobús, y recuerda las palabras de Oliver:

—¿A París? ¿Que quieres irte a vivir a París? ¡Preciosa ciudad! Hay una gente estupenda. Yo conocí a una mujer ya mayor que tal vez podría ayudaros. Tenía una fortuna inmensa.

Nat se puso pálida.

—¿Una mujer?

—Sí, una mujer. ¿Qué tiene eso de extraño? Y mira qué cosa, creo que se enamoró de mí.

Ahora Nat se baja del autobús que ya está desierto y que ha terminado su recorrido. No sabe dónde está, así que dobla por una calle sinuosa y descendente que la lleva hasta la orilla del río.

—Se enamoró. ¡Qué curioso!, ¿verdad? En mi vida había conocido a una amante tan espléndida. Fue todo un privilegio, porque París entero la perseguía. Ya conoces el lema de los escritores jóvenes: «Cásate con una mujer mayor y con dinero». Y además, en la cama... Oh, en la cama..., nunca he visto nada igual. Nat, querida, perdona, creo que te molesto con mi conversación.

—No, por favor, sigue. Todo lo que tenga que ver contigo me interesa. Además hace años que dejé París, quiero saber cómo están las cosas.

Nat camina por el largo muelle que divide el río en embarcaderos donde pequeñas barcas, canoas, veleros y motoras duermen su dulce descanso bajo la lluvia. Se está mojando, pero no le importa.

—La conocí en el Dôme, el café en donde se reúnen los americanos que viven en París. Venía con un escritor joven, un muchacho casi, que besaba sus pisadas. Nunca supe su nombre, pero luego alguien dijo que su madre era una heroína, o algo así. Por cierto que se portó de una forma bastante peculiar: insistió en pagarme. Y sus amigos, ¡qué gente tan extraña! La busqué durante meses, me emborraché con su joven amante, pero nada, era como si hubiesen tejido a su alrededor una conjura de silencio. Y si intentaba mencionarla, todos cambiaban de conversación:

parecía que estaban protegiéndola. Ni su nombre supe, no supe nada. Todos parecían niños. Cada noche organizaban una juerga que terminaba al amanecer y a eso lo llamaban dadá. ¡Como el grito de una criatura! ¡Da-dá! Gente extraña, muy extraña. Finalmente escribí un artículo sobre ellos que me pagaron bien. Pero la mujer, vaya, qué mujer.

Las barcas flotan, se mecen. Nat siente cada vez más deseo de venganza. Se vuelve hacia el norte, siguiendo la misma ribera.

—Esa noche, esa misma noche, me fui con ella. Al poeta no parodió importarle. Simplemente se marchó con un amigo y a la noche siguiente me lo encontré en un bar curándose la resaca con café y coñac. Todavía no se había acostado y seguía borracho: me preguntó si ya la cama estaba libre para regresar con la mujer. Un hombre al que no le importa acostarse en una cama caliente... ¡Estos parisinos!

Nat no comprende cómo quiso seguir oyendo, cómo lo dejó hablar. Salta un cerramiento de alambre y se encuentra en una explanada junto a otro muelle: es un cementerio de navíos. Entre la lluvia que los golpea, los cadáveres son como bestias heridas que se han tumbado en el agua para morir. No se oye otra cosa que el golpear de la lluvia sobre el metal y la madera. A lo lejos, alguien grita, se enciende una luz y un perro ladra. Luego todo se envuelve en silencio.

—Tendría que haberle tapado la boca. Pero no podía, no podía saber media verdad.

—Esa noche la tuve entre mis brazos, te aseguro que no creo que haya existido en el mundo una mujer igual. Era como si en una sola estuviesen reunidas todas las hembras del universo. ¡Qué voluptuosidad, qué vehemencia! Esa mujer arrancó a mi cuerpo algo que ni yo mismo conocía, que nadie supo nunca encontrar, y que no creo que vuelva a aflorar nunca. Sí, me amó. Ya lo creo que me amó, porque si no, nadie puede entregarse de esa manera. Nunca volví a verla. Y te digo algo aún más extraño: cuando nos despedimos, parecía asustada.

Su madre se ha acostado con él. Tenía que ser su madre: siempre su madre. ¿Cómo podrá superarla? Nat se siente atrapada entre dos mujeres: su abuela, una heroína, y su madre, la mejor amante del mundo. Y ella, ¿ella quién es? La pobre Nat. La tonta de Nat.

—Fue casualidad, no le des importancia.

Eso le dijo su madre la última vez que pasó por Nueva York, cuando le regaló el camafeo. Ahora también tiene que agradecerle cierta generosidad. ¿Se enamoraron las dos del mismo hombre? ¿Eso no tiene importancia?

—Nat, hija, no seas pesada. No lo volveré a ver. Mira qué hermoso es. Ha sido un símbolo en nuestra familia. Mi madre lo recibió de su amante, y luego ella misma lo dejó para mí antes de partir. Consérvalo, pequeña, y que te traiga buena suerte.

—¿Y yo?, ¿volveré a ver a Oliver?

—Oliver se va tras cualquier noticia importante y tras cualquier par de piernas bonitas de mujer —le había dicho Eileen—. Tienes que aceptarlo así, o vas a sufrir mucho.

—¡No, muchacha, no te enamores!

La luna asoma un segundo su cabeza entre las nubes.

—¡Muchacha!

Ha dejado de llover.

—Vengarme, quiero vengarme —piensa Nat—. Pero ¿de quién?

El río huele a serrín, a pintura, a las aguas densas del Hudson. Hay algunos barcos que están en reparación. A través de la oscuridad se acerca un hombre.

—Señorita, ¿qué hace aquí? ¿No ha visto el cartel que pone «Prohibida la entrada»? Esto es propiedad particular. Señorita...

El hombre le acerca una luz a la cara. Es viejo y está cansado, tiene la ropa húmeda, quiere irse a la cama.

—Bueno, regrese pues por donde ha venido. Pero si la vuelvo a ver por aquí...

Nat se marcha. El hombre se queda mirando su espalda de muchacho, sus andares finos y seguros.

—¡Si yo fuera joven! —piensa—. ¡Qué feliz sería, si fuera joven!

—No llores, Nat. Todo el mundo lo comenta en el Red Lion y tú tenías que contar con ello. Ha partido hacia Italia en cuanto llegó la noticia del triunfo de Mussolini. Pero yo tengo algo bueno que contarte: mira, he comprado una botella de bourbon para que nos emborrachemos juntas.

—¿Partió solo?

—Tengo un contrato, Nat. Y dos billetes para París. Tú y yo. Vamos, no pongas esa cara. Dadá ha muerto, se ha suicidado: los poetas cantan por las calles, ¿oyes, Nat? Oye lo que cantan:

*Qué fue de
todo el taratá
que fue dadá.*

¿No es genial? ¡Vamos a París! Me han pedido que haga un artículo sobre André Breton. Lo he vendido todo..., hasta la máquina de escribir. Tú, con el alquiler... En París se vive con tan poco. ¡Nat!

—Dime la verdad. ¿Partió solo?

—Olvídalo. Sabes cómo son los hombres: no pueden estar solos. ¡Nos vamos! Ya verás, en París tendremos dinero. Vamos, alegra esa cara. Bebe, bébete el bourbon. ¡Dadá ha muerto! ¡Mi primer trabajo! ¡Al demonio la universidad!

—¿Quién es ella?

—Es insignificante. Una muchacha rubia y pequeña, tonta hasta la saciedad. Muy rica. Su padre fue un almacenero que se forró como agente de fincas en Tacoma y que vino a Nueva York hace diez años. Ha muerto, y ella acaba de heredar un imperio. Estaba enterrando a su padre cuando se puso el velo de novia.

—¿Se han casado?

—Sí, Nat. Ya no tiene solución. Ella se ha quedado aquí, para organizar su nueva vida. Es una mujercilla anodina que le dará algún hijo y lo dejará en paz; tiene la sensualidad de un frasco de lejía, pero no importa: Oliver tendrá las espaldas bien cubiertas. No te llegan ni a la suela de los zapatos, ninguno de los dos. Nat, deja de llorar; no vale la pena; te has quitado un peso de encima. Mañana lo comprenderás. Dos días después de la boda, ¡vaya pasión!, él ya había partido. Espera, voy a comprar algo para festejarlo. Bebe, Nat, yo te traeré una buena cena. Hoy nos emborrachamos y mañana será otro día. Ese hombre no era bueno para ti.

Pero cuando regresa, Nat se ha ido.

¿Qué pasa cuando se va el amor? ¿Qué pasa cuando en el corazón de una muchacha persiste un deseo que le desgaja el alma? ¡Oh, Nat, pobrecilla, pobre aviadora, pobre romántica! Llorando sube a su viejo Ford, llega al aeropuerto llorando, ¡ah, dolor, destrucción sublime!

Llueve pero no importa, hace frío pero no importa. Se cambia de ropas y ya vuela sobre la ciudad, sobre el resplandor que se aleja, el resplandor difuso de los que duermen. Es muy tarde y los faros de los coches en las autopistas señalan los caminos.

Sube alto, más alto: hace frío. El avión es un murmullo incongruente sobre la tierra y una niebla densa envuelve a la muchacha que vuela, la deja sin visibilidad. Arriba todo se disuelve, crece la sensación de estar sola.

—¡Qué vergüenza! Ya no volveré a bajar.

No, no volverá a bajar a la tierra para que todos la compadezcan.

Es hermosa la noche lejos de los hombres. Venciendo el sopor que la envuelve, intenta encender un pitillo que saca de su mono blanco. Pero luego lo arroja al vacío.

La tormenta se ha cerrado a sus espaldas, como una trampa, como una tumba: la muchacha llora y ríe, la muchacha está loca.

¡Loca de amor en pleno siglo veinte! Este no es un mundo para ti.

Pero ¿adónde vas, adónde vas con tanta prisa?

—No me voy, me escapo. ¿Dónde está mi corazón?

—¿Dónde estás, adónde te has ido? ¡No me dejes, Nat! —Eileen se golpea contra las paredes de la habitación. Se sienta en un sillón y llora.

Y Nat vuela en medio de la tormenta. Tened compasión. Tened piedad. Sola, contra la pasión, pelea.

Muy lejos de allí, Annushka y Guy duermen abrazados, sueñan un mismo sueño. La velocidad de un siglo que pasa deprisa, ¡la guerra!, no, ya no volverá a suceder, cierra los ojos, ciérralos, hija, fue la casualidad, yo no quería que sucediese, pero es de noche y tengo miedo... ¿Hacia dónde vas? ¡No debes volar de noche! ¡Guy, despierta!

—¡Nat!

—No podemos explicarlo... Su hija sabía pilotar: ¿qué fue lo que pasó?

¡No entregues tu corazón, solo tu cuerpo!

—¿Mi corazón? Ya no lo tengo. Me lo arranqué del pecho. ¿De qué me servía, un corazón? ¡Cuánto hemos luchado! Pero me ha derrotado el amor. Y ahora vuelo, asciendo, giro, bailo.

No siento miedo.

No siento nada.

La aguja del altímetro la hipnotiza: subir, subir, subir. Subir hasta el cielo. Hoy ha bajado a los infiernos: ¡subir!

Eileen se pone de pie, se asoma a la ventana, ve la tormenta, aprieta los puños y brama al vacío:

—¡Nat!

En la habitación en penumbras, el loro revolotea, choca contra el techo y gime por fin:

—Ah, Natalia...

Pero ahora Nat es libre. Está lejos de la tierra y nada le parece real. El frío la adormece.

No sabe que la noche la ha atrapado, no sabe que se ha muerto de amor.

—¡Pobre, pobrecilla! —dice la luna, que asoma por un segundo su cara entre las nubes—. ¡Pobre tonta!

El mundo da vueltas a su alrededor.


Poco a poco se ha calmado la tormenta: hay una luz blanquecina en el cielo y quiere amanecer.

Hace tiempo, ¿cuánto tiempo?, que el motor se estremeció. Surgieron toses leves de su garganta y escupió humo negro. Qué más da: la muchacha está dormida.

A lo lejos el viento revienta, se lleva las nubes mientras ella flota en un cielo amanecido y turquesa: la tierra ya no existe, y hace tanto frío...

Silencio: una muchacha duerme.

El aire en los cables del avión es como el desgarrón de la seda, como el fino chillar de una mortaja.

Silencio, una muchacha sueña.

Duerme, Natalia, te acompañan las últimas estrellas. Gira, baila, danza, tienes alas, las alas de un pájaro; planea suavemente y sueña tu sueño de amor. Danza vestida de blanco, danza, en el filo de la noche que se disuelve en la aurora roja. Gira, gira: la tierra te llama; la tierra abre su palma para recibirte.

No temas. No, no temas ni abras los ojos: todo acabará deprisa.

Y tú sigue volando; como un pájaro herido.

Como un pájaro muerto.


La luna no lo ve; la luna no lo sabe. Bajo su haz de luz, en la desolación infinita, alguien la observa: es un niño encerrado en su piedra azul.

Fue tallado hace siglos y nada lo conmueve: ¡ha visto tantas cosas! Él solo cabalga un delfín.

¡Qué hermoso camafeo! ¡Qué piedra tan azul! ¿Qué mujeres lo llevaron? ¿Qué cuellos adornó?

Nadie lo recuerda. Nadie lo sabe. El equipo de rescate hace tiempo que ha dejado de buscar.

Cae una lágrima del rostro de la luna: brilla, resbala, llega hasta la tierra. Y se aleja con su paso de plata. Es el viento quien recoge las cenizas, las levanta en torbellino, las hace volar.

—¿Por qué no me escuchaste, por qué entregaste el corazón?

El niño la mira con su sonrisa de ónix. Ha viajado de mano en mano durante tantos siglos: ¿quién lo recogerá? Con su corazón de piedra, el niño acecha.

# Índice

TERCERA PARTE

Este libro
terminó de imprimirse
en Barcelona
en diciembre de 2022

# Algunos títulos imprescindibles de Lumen de los últimos años

*Elegías de Duino. Nueva edición con poemas y cartas inéditos* | Rainer Maria Rilke
*Limpia* | Alia Trabucco Zerán
*La amiga estupenda. La novela gráfica* | Chiara Lagani y Mara Cerri
*La librería en la colina* | Alba Donati
*Mentira y sortilegio* | Elsa Morante
*Diario* | Katherine Mansfield
*Cómo cambiar tu vida con Sorolla* | César Suárez
*Cartas* | Emily Dickinson
*Alias. Obra completa en colaboración* | Jorge Luis Borges y Adolfo Bioy Casares
*El libro del clima* | Greta Thunberg y otros autores
*Maldita Alejandra. Una metamorfosis con Alejandra Pizarnik* | Ana Müshell
*Leonís. Vida de una mujer* | Andrés Ibáñez
*Una trilogía rural (Bodas de sangre, Yerma y La casa de Bernarda Alba)* | Ilu Ros
*Mi Ucrania* | Victoria Belim
*Historia de una trenza* | Anne Tyler
*Wyoming* | Annie Proulx
*Ahora y entonces* | Jamaica Kincaid
*La postal* | Anne Berest
*La ciudad* | Lara Moreno

*Matrix* | Lauren Groff
*Anteparaíso. Versión final* | Raúl Zurita
*Una sola vida* | Manuel Vilas
*Antología poética* | William Butler Yeats
*Poesía reunida* | Philip Larkin
*Los alegres funerales de Alik* | Liudmila Ulítskaya
*Grace Kelly. Una biografía* | Donald Spoto
*Jack Nicholson. La biografía* | Marc Eliot
*Autobiografía* | Charles Chaplin
*Mi nombre es nosotros* | Amanda Gorman
*Autobiografía de mi madre* | Jamaica Kincaid
*Mi hermano* | Jamaica Kincaid
*Las personas del verbo* | Jaime Gil de Biedma
*Butcher's Crossing* | John Williams
*Cita en Samarra* | John O'Hara
*El cocinero* | Martin Suter
*La familia Wittgenstein* | Alexander Waugh
*Humano se nace* | Quino
*Qué mala es la gente* | Quino
*La aventura de comer* | Quino
*Quinoterapia* | Quino
*Déjenme inventar* | Quino
*Sí, cariño* | Quino
*En los márgenes* | Elena Ferrante
*Las rosas de Orwell* | Rebecca Solnit
*La voz de entonces* | Berta Vias Mahou
*La isla del árbol perdido* | Elif Shafak
*Desastres íntimos* | Cristina Peri Rossi
*Obra selecta* | Edmund Wilson
*Malas mujeres* | María Hesse
*Mafalda presidenta* | Quino

*La compañera* | Agustina Guerrero

*Historia de un gato* | Laura Agustí

*Barrio de Maravillas* | Rosa Chacel

*Danza de las sombras* | Alice Munro

*Araceli* | Elsa Morante

*12 bytes. Cómo vivir y amar en el futuro* | Jeanette Winterson

*Clint Eastwood. Vida y leyenda* | Patrick McGilligan

*Cary Grant. La biografía* | Marc Eliot

*Poesía completa* | William Ospina

*La mujer pintada* | Teresa Arijón

*El Mago. La historia de Thomas Mann* | Colm Tóibín

*Las inseparables* | Simone de Beauvoir

*Sobreviviendo* | Arantza Portabales

*El arte de la alegría* | Goliarda Sapienza

*El remitente misterioso y otros relatos inéditos* | Marcel Proust

*El consentimiento* | Vanessa Springora

*El instante antes del impacto* | Glòria de Castro

*Al paraíso* | Hanya Yanagihara

*La última cabaña* | Yolanda Regidor

*Poesía completa* | César Vallejo

*Beloved* | Toni Morrison

*Estaré sola y sin fiesta* | Sara Barquinero

*Donde no hago pie* | Belén López Peiró

*A favor del amor* | Cristina Nehring

*La señora March* | Virginia Feito

*El hombre prehistórico es también una mujer* | Marylène
   Patou-Mathis

*La tierra baldía (edición especial del centenario)* | T. S. Eliot

*Cuatro cuartetos* | T. S. Eliot

*Manuscrito hallado en la calle Sócrates* | Rupert Ranke

*Federico* | Ilu Ros

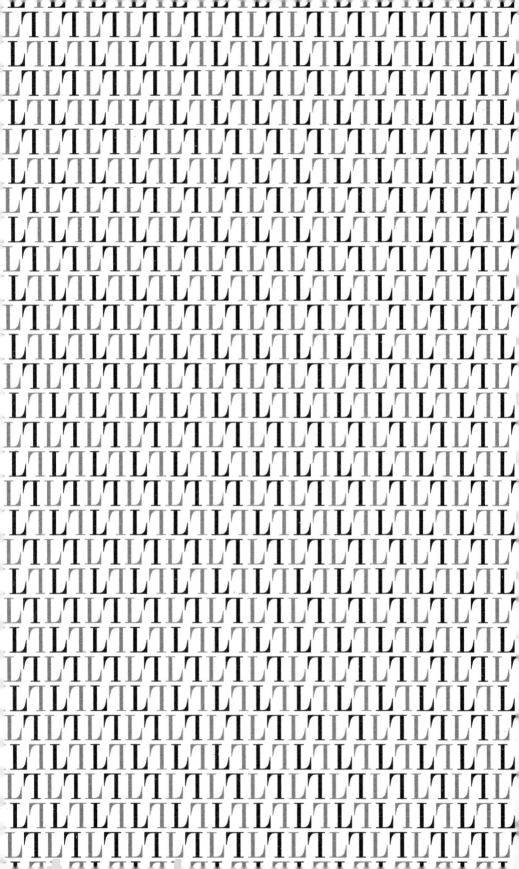